FLORA SYLVATICA KOREANA

総 索 引

INDEX

ラテン名索引　　　1～38

和 名 索 引　　　39～57

朝鮮名索引　　　58～64

索引作製にあたって

　朝鮮森林植物編（旧版）に索引の全くないことが、使用者にとっての大きな不便であった。22輯にものぼるこの全集で、取扱われる植物の順序（科の配列）が、きわめて便宜的であったことからも、索引の作製は強く望まれるところであった。

　今回の再版にあたって、この機会に索引を付することとなり、中井博士御自身の蔵書（オリジナル・テキスト）が私どもの標本館に所蔵されている関係もあって、総索引ならびに各巻索引の作製をお引き受けした。

　原著が25年間にもわたって順次刊行されていったため、各巻の間に記述の体裁や形式にかなりな不統一があり、全巻にわたって一つの基準で索引を作ることは非常に困難であった。たとえば朝鮮名が各植物の記載の中にあったり、巻末に和名との対照表としてのみ収録されていたり、あるいはその双方があったりというふうに巻毎に扱いがまちまちであった。このため索引の作製にあたっては、機械的に行わず、できるだけ利用者の便にかなう形で配慮したつもりである。

　この索引に収録されている植物名（学名、和名、朝鮮名）は、原著の各科の解説中、「分類と図説」という項目で取り上げられている植物である。巻によってはこのほかに、各科の研究の歴史や、分布が詳細に述べられている項目もあり、それらの項目中にも多数の植物名がでてくるのであるが、それらはすべて索引の対象外とした。

　あとから付される索引である以上、原著に対して忠実でなければならないので、明らかなミスプリント以外は原著の表現をそのまま収録したが、一方、現代の利用者の便も十分に考慮した。たとえば科名は原著では漢名が使われ、一、二の例外を除いてはふりがなさえついていない。これらはすべて、日本植物分類学会が作製し、文部省発行の学術用語集に載せられた標準科名の現代がな表記として収録した。また科名のラテン名も、現代の慣用とかなり異る名が原著には使われている。これらは原著に忠実に索引にのせたが、そのほかに、Engler's Syllabus der Pflanzenfamilien 12版（1964）などで用いている科名も併せて収録しておいた。朝鮮名については原著に片カナで表示されている巻と、ローマ字表記の巻とがあるが、索引はすべて片カナ書きとした。

　学名は原文に記述のものを異名（イタリック表示）も含めてすべて忠実に収録した。ただし種小名は小文字にかえてある。

　原著には正直にいってかなりのミスプリントが目立った。当標本館にある中井蔵書のオリジナルテキストには中井博士御自身による訂正や書き込みもかなりある。索引ではこれらはすべて訂正したほか、本文中のものも、少くとも植物名に関する部分は修正を求めた。ただし朝鮮名のカナ書きに関しては、何分にも不案内なため、ミスプリントと推定されるものについても手を加えていない。

　なおこの索引の作製は小野と、当標本館職員の小林純子が分担して行った。

　1975年11月

東京都立大学理学部牧野標本館　小　野　幹　雄

A.

Abaliophyllum
  distichum 10-61, *10-26*

Abelia
  ;coreana 11-53, *11-18*
  insularis 11-54, *11-19*
  tyaihyoni 11-53, *11-17*

Abelicea
  acuminata 19-39
  davidii 19-43
  hirta 19-39
  keaki 19-39
  serrata
  ——*var. longifolia* 19-41

Abutilon
  avicennae 21-104

Acalypha
  japonica 21-154

Acanthopanax⟨
  acerifolium 16-38
  brachypus 16-29
  chiisanense 16-25, *16-3*
  cissifolius 16-29
  ——*var. normalis* 16-29
  ——*var. scandens* 16-30
  eleutherococcus 16-34
  fauriei 16-31
  giraldii 16-30
  ——*var. inermis* 16-30
  henryi 16-30
  hypoleucum 16-31
  koreanum 16-21, *16-1*
  leucorhizus 16-31
  ——*var. fulvescens* 16-31
  ——*var. scaberulus* 16-31
  pentaphyllum 16-31
  rehderianum 16-32

ricinifolia 16-37
ricinifolium 16-37
——*var. maximowiczii* 16-37
rufinerve 16-27, *16-5*
senticosus 16-31
seoulense 16-26, *16-4*
sessiliflorum 16-24, *16-2*
sessiliflorum 16-26
setchuensis 16-32
sieboldianum 16-32
simonii 16-32
spinosum 16-21, 31
stenophyllum 16-33
trichodon 16-32
wilsonii 16-33

Acer
  barbinerve 1-24, *1-15*
  ——var. glabrescens 1-25
  caudatum 1-8
  circumlobatum
  ——*var. pseudo-sieboldianum* 1-14
  dedyle 1-8
  diabolicum 1-25
  ginnala 1-10, *1-2*
  ishidoyanum 1-17, *1-9*
  japonicum 1-14
  laetum 1-21
  lasiocarpum 1-8
  mandshuricum 1-18, *1-10*
  manshuricum 1-18
  mono 1-20
  nudicarpum 1-16, *1-8*
  okamotoi 1-15, *1-7*
  palmatum
  ——var. coreanum 1-12, *1-3*
  pensylvanicum
  ——*var. regmentosum* 1-22

pictum
——*var. maxim* 1-20
——var. mono 1-20, *1-12*
——*var. parviflorum* 1-21
——var. paxii 1-21, *1-12*
——*var. savatieri* 1-21
——*var. typicum* 1-21
pseudo-sieboldianum 1-14, *1-4*
——var. ambiguum 1-14
——var. koreanum 1-15, *1-5*
——var. macrocarpum 1-15, *1-6*
sieboldianum
——*var. mandshuricum* 1-14
spicatum 1-8
tataricum
——*var. acuminatum* 1-10
——*var. aidzuense* 1-10
——*var. gimnala* 1-10
——*var. laciniatum* 1-10
tegmentosum 1-22, *1-13*
triflorum 1-19, *1-11*
——f. subcoriacea 1-19
truncatum 1-21
tschonoskii
——var. rubripes 1-23, *1-14*
ukurunduense 1-8, *1-1*
——*var. pilosum* 1-9
——var. sachalinense 1-9
ACERACEAE 1-3
Achlys
japonica 21-68
Achudenia
japonica 21-141
Actinodaphne
chinensis 22-57
lancifolia 22-56
Adina

fauriei **14**-102
rubella **14**-101, *14-20*
——f. rubescens **14**-102
——f. viridis **14**-102
Akebia
micrantha 21-48
quinata 21-45, 174, *21-3*
——var. polyphylla 21-48, 174
. ALANGIACEAE **17**-25, 27
Alangium
platanifolium **17**-31, 32, 33
——*var. genuinum* **17**-32, 33
——*var. macrophyllum* **17**-31
Alnus
fruticosa
——var. mandshurica 2-39, *2-22*
harinoki 2-40
hirsuta 2-42
incata
——*var. glauca* 2-41
——*var. hirsuta* 2-42
——*var. sibirica* 2-41
japonica 2-40, *2-23*
——*var. genuina* 2-40
——var. koreana 2-40
——*var. minor* 2-40
maritima
——*var. japonica* 2-40
sibirica 2-41, *2-24*
——var. hirsuta 2-42
Amelanchier
asiatica 6-21, *6-1*
canadensis
——*var. asiatica* 6-22
——*var. japonica* 6-21
japonica 6-22
Ampelopsis

heterophylla 12-17, *12-3*

humulifolia 12-17

japonica 12-15, *12-2*

napaeformis 12-16

serianaefolia 12-15

tricuspidata 12-13

tuberosa 12-16

AMYGDALACEAE

⟶ DRUPACEAE 5-3, 14

Amygdalus

persica 5-35

Anbletia

ramosissima 9-14

Andromeda

caerulea 8-26

Apactis

japonica 17-59

Aphananthe

aspera 19-47, 74, *19-15*

aspera 19-48

APOCYNACEAE 14-9, 13

Aralia

canescens 16-48

chinensis 16-49

——*var. canescens* 16-49

——*var. glabrescens* 16-49

——*var. mandshurica* 16-49

cissifolia 16-29

elata 16-48, *16-16*

mandshurica 16-48, 49

pentaphylla 16-31

spinosa 16-49

——*var. canescens* 16-49

——*var. glabrescens* 16-49

ARALIACEAE 16-3, 17

Arctocrania

canadensis 16-13

Arctous

alpinus

——var. ruber 8-51, *8-19*

Ardisia

crenata 13-19

crenulata 13-19

crispa 13-19

——*var. taquetii* 13-19

glandulosa 13-19

japonica 13-16

konishii 13-19

lentiginosa 13-19

pusilla 13-18

rectangularis 13-19

taquetii 13-19

villosa 13-18

ARDISIACEAE 13-14

Aria

alnifolia 6-27

tiliaefolia 6-28

Aristolochia

contorta 21-28

manshuriensis 21-29

ARISTOLOCHIACEAE 21-3, 16

Armeniaca

mume 5-42

Aronia

asiatica 6-21

Artemisia

basseriana 14-140, *14-24*

——var. triloba 14-140

chinensis 14-140

gmelini 14-142, *14-25*

——*var. discolor* 14-142

——var. gebleriana 14-142

——var. vestita 14-142, *14-26*

lagocephala **14**-140

——*var. triloba* **14**-140

lagocephalum **14**-140

messerschmidtiana

——var. discolor ·**14**-144

——var. viridis **14**-143

——f. laxiflora **14**-143

——f. typica **14**-143, *14-27*

sacrorum **14**-143

——*var. intermedia* **14**-143, 144

——*var. minor* **14**-142

vestita **14**-142

Arundarbor

kurilensis **20**-45

Arundinaria

borealis **20**-31

fortunei **20**-35

japonica **20**-20, 35

kurilensis **20**-44

——*var. genuina* **20**-44

owatarii **20**-19

purpurascens **20**-31

tessellata **20**-31

usawai **20**-19

Arundo

bambos **20**-49

donax **20**-44

Asarum

heterotropoides **21**-21

maculatum **21**-20

sieboldii **21**-21, 22, 23, 24

——*var. japonica* **21**-24

——*var. mandshurica* **21**-23

——*var. sachalinensis* **21**-21

——*var. seoulense* **21**-22

——*var. sikokianum* **21**-24

Ascaria

serrata **18**-21

Asiasarum

dimidiatum **21**-24

heterotropoides **21**-21

——var. mandshuricum **21**-23

——var. seoulense **21**-22

maculatum **21**-20

sieboldii **21**-24

Aster

oharai **14**-146, *14-28, 29*

Aucuba

chinensis **16**-66

japonica **16**-65, *16-17*

japonica **16**-66

Azalea

lapponica **8**-31

tschonoskii **8**-48

weyrichii **8**-46

B.

Bambos

hatsik **20**-53

jatake **20**-20

moosoo **20**-54

Bambusa

bifida **20**-50

borealis **20**-31

edulis **20**-54

henonis **20**-53

kurilensis **20**-45

metake **20**-20, 35

mitis **20**-20

puberula **20**-53

purpurascens **20**-31

reticulata **20**-49

senanensis **20**-31

simoni **20**-35

tsintsik **20**-53

BAMBUSACEAE 20-3, 13
Baumannia
  geminifera 14-106
Benthamia
  japonica 16-73
  ——*var. exsucca* 16-75
  ——*var. minor* 16-74
  ——*var. typica* 16-74
  kousa 16-73
  viridis 16-75
Benzoin
  angustifolium
  ——var. glabrum 22-80, 87, *22-13*
  erythrocarpum 22-75, 87, *22-11*
  glaucescens 22-83
  glaucum 22-82, 87, *22-14*
  ——f. glabellum 22-84
  obtusilobum 22-71, 87, *22-9, 10*
  ——f. ovatum 22-73
  ——f. quinquelobum 22-73
  ——f. villosum 22-74
  ——var. ovatum 22-73
  ——var. villosa 22-74
  salicifolium 22-81
  sericeum 22-78, 87, *22-12*
  ——var. tenue 22-79
  sinoglaucum 22-81
  thunbergii 22-75
  umbellata
  ——*var. sericeum* 22-79
BERBERIDACEAE 21-50, 64
Berberis
  amurensis 21-74, 175, *21-5*
  ——var. latifolia 21-76, 175, *21-6*
  ——var. quelpaertensis 21-77, 175

  amurensis 21-74
  chinensis 21-72
  koreana 21-77, *21-7*
  ——var. angustifolia 21-79
  ——var. ellipsoidea 21-78
  poireti
  ——var. angustifolia 21-72, 175, *21-4*
  quelpaertensis 21-77
  sinensis 21-72
  ——*var. angustifolia* 21-73
  ——*f. weichangensis* 21-73
  ——*var. weichangensis* 21-73
  vulgaris 21-75
  ——*var. amurensis* 21-75
  ——*var. japonica* 21-75
  ——*f. amurensis* 21-75
Betula
  alba
  ——*ssp. latifolia* 2-29
  ——*ssp. mandshurica* 2-29
  chinensis 2-37, *2-21*
  ——var. angusticarpa 2-37, *2-21*
  costata 2-35, *2-19*
  davurica 2-30, *2-15*
  ——*var. maximowicziana* 2-31
  ——*var. typica* 2-31
  ermani 2-33, *2-17*
  exaltata 2-37
  fauriei 2-37
  fruticosa 2-31, *2-16*
  japonica
  ——*var. mandshurica* 2-29
  latifolia 2-29
  mandshurica 2-29, *2-14*
  punctata 2-36
  saitoana 2-34, *2-18*

schmidtii 2-36, *2-20*
ulmiflora 2-35
——*var. costata* 2-35
BETULACEAE 2-8
Bignonia
  catalpa 14-90
  chinensis 14-92
  grandiflora 14-92
  tomentosa 14-83
BIGNONIACEAE 14-85, 88
  Bladhia
  crispa 13-19, *13-4*
  ——var. taquetii 13-19, *13-5*
  glabra 18-21
  japonica 13-16, *13-2*
  villosa 13-18, *13-3*
Bobua
  prunifolia 13-43, *13-11*
Boehmeria
  frutescens 21-141, 146
  ——var. concolor 21-147
  grandifolia 21-169
  hirtella 21-141, 159
  holosericea 21-164, 166, 171
  japonica 21-154
  ——*var. platanifolia* 21-171
  ——*var. tricuspis* 21-152
  longispica 21-141, 168
  ——*var. platanifolia* 21-171
  ——*var. sieboldiana* 21-162
  ——*var. tricuspis* 21-152
  macrophylla 21-169
  miqueliana 21-169
  ——*var. platanifolia* 21-171
  nakaiana 21-142, 159
  nivea 21-142, 148
  nivea 21-147

pannosa 21-142, 164
paraspicata 21-142, 156
platanifolia 21-170
platyphylla
  ——*var. japonica* 21-154, 169
  ——*var. macrophylla* 21-169
  ——*var. sieboldiana* 21-162
  ——*var. tricuspis* 21-152
quelpaertensis 21-142, 166
——f. glabra 21-167
rubricaulis 21-152
sieboldiana 21-142, 168
sieboldiana 21-159, 160
——*var. scabra* 21-159
spicata 21-142, 169, 177, *21-11*
spicata 21-156, 169
taquetii 21-142, 161
tricuspis 21-142, 151
tricuspis 21-156
——*var. paraspicata* 21-156
BORAGINACEAE
  ——→ CORDIACEAE 14-17, 22
Brassiopsis
  ricinifolia 16-37
Broussonetia
  cordata 19-112
  kaempferi 19-115
  kasinoki 19-112, 116
  kazi 19-112
  kazinoki 19-115, 134, *19-35, 36*
  papyrifera 19-110, 134, *19-34*
  ——f. oppositifolia 19-113, *19-34*
  ——*var. kaempferi* 19-116
  sieboldii 19-116
  obovata 20-130, 132
Bryanthus
  caerulea 8-26

C.

Cadsura
  japonica 20-116
Callicarpa
  australis 14-36
  dichotoma 14-33, *14-5*
  gracilis 14-34
  japonica 14-35, *14-6*
  ——var. luxurians 14-36, *14-8*
  ——var. taquetii 14-36, *14-7*
  japonica 14-36
  longifolia
  ——*var. subglabrata* 14-35
  mimurasaki 14-35
  mollis 14-37, *14-9*
  ——var. microphylla 14-37
  murasaki 14-35
  purpurea 14-33, 35
  shikokiana 14-36
  taquetii 14-36
  zollingeriana 14-37
Camellia
  bohea 17-80
  chinensis 17-84
  florida 17-84
  japonica
  ——var. spontanea 17-83, 103, *17*
  -18
  sinensis 17-84
  thea 17-80
  theifera 17-81
  tsubakki 17-84
Camphora
  japonica 22-31
  officinarum 22-30
  vera 22-31
Campsis

adrepens 14-92
  chinensis 14-92, *14-19*
  grandiflora 14-92
CAPRIFOLIACEAE 11-3, 21
Caprifolium
  borbasianum 11-71
  brachypodum 11-61
  chinensis 11-61
  chrysanthum 11-65
  flexuosum 11-61
  hallianum 11-61
  japonicum 11-60
  ——*var. subverticillare* 11-61
  maackii 11-63
  ruprechtianum 11-67
  venulosum 11-71
  vidalii 11-80
Carissa
  spinarum 14-106
Carpinus
  cordata 2-18, *2-7*
  eximia 2-19, *2-8*
  fargesiana 2-20, *2-9*
  fauriei 2-23, *2-11*
  laxiflora 2-23, *2-12*
  paxii 2-25, *2-13*
  tschonoskii 2-21, *2-10*
  ——*var. subintegra* 2-23
  turczaninowii 2-25
  yedoensis 2-20, 21
Castanea
  bungeana 3-16, *3-4~7*
  mollissima 3-14, *3-2, 3, 6*
Catalpa
  bignonioides 14-90
  henryi 14-90
  kaempferi 14-90

ovata 14-90, *14-18*
Caulophyllum
　robustum 21-68
　thalictroides 21-68
Celastrus
　tobira 21-90
Celtis
　aphananthoides 19-58
　aurantiaca 19-70, 77, *19-26*
　biondii
　——*var. heterophylla* 19-64
　bungeana 19-54, 55, 77, *19-17*
　bungeana 19-58, 59, 64
　——*var. heterophylla* 19-64
　——*var. jessoensis* 19-59
　chinensis 19-56
　choseniana 19-61, 76, *19-20*
　cordifolia 19-53, 76, *19-16*
　davidiana 19-56
　edulis 19-72, 76, *19-27*
　japonica 19-67
　——*f. magnifica* 19-69
　——*f. purpurascens* 19-68
　——*f. rotundata* 19-69
　jessoensis 19-58, 75, *19-18*
　——var. angustifolia 19-60, *19-19*
　koraiensis 19-62, 76, *19-21*
　——var. arguta 19-63, 76, *19-22*
　koraiensis 19-61, 70
　——*var. holophylla* 19-61
　leveillei 19-64, 75, *19-23*
　muku 19-48
　sinensis
　——var. japonica ⁻19-66, 75, 77,
　　19-24
　——*var. japonica* 19-69
　——f. magnifica 19-69, *19-25*

　——f. purpurascens 19-68
　——f. rotundata 19-69, *19-25*
　——*var. typica* 19-69
　sinensis 19-48, 56
　willdenowiana 19-67
Cephalopanax
　sessiliflorum 16-25
Cerasus
　aspera 19-47
　elliptica 12-65
　herrincquiana 5-33
　japonica 5-37, 38
　padus 5-20
Chaenomeles
　chinensis 6-46
　trichogyne 6-44, *6-15*
Chamaepericlymum
　canadense 16-69, *16-18*
Chionanthus
　chinensis 10-19
　coreanus 10-19
　duclouxii 10-19
　retusa 10-16, *10-1*
　——var. coreana 10-17, *10-1*
　retusus 10-18
CHLORANTHACEAE 18-13, 17
Chloranthus
　brachystachys 18-21
　ceylanicus 18-19
　glaber 18-22
　ilicifolius 18-22
　koreanus 18-20
　montanus 18-22
Chosenia
　bracteosa 18-65, 60, 215, *18-3～5*
　eucalyptoides 18-66
　macrolepis 18-67

splendida 18-66

Cinnamomum

  camphora 22-30, 86, *22-2*

  camphora 22-31, 32

  ——*var. nominalis* 22-30

  chekiangense 22-25

  chenii 22-25

  hainanense 22-26

  japonicum 22-27, 86, *22-1*

  nominale

  ——*var. lanata* 22-32

  pedunculatum 22-25, 27

  taquetii 22-31

Cissus

  bryoniaefolia 12-18

  serianaefolia 12-16

  thunbergii 12-13

  viticiformis 12-16

Clerodendron

  trichotomum 14-40

Cleyera

  dubia 17-97

  fragrans 17-97

  japonica 17-87, 96

  ochnacea 17-88

COMPOSITAE 14-109, 138

Coprosmananthus

  japonicus 22-106

Corchorus

  hirtus 19-38

  japonicus 7-47

  serratus 19-38

Cordia

  thyrsiflora 14-23

CORDIACEAE 14-17, 22

CORNACEAE 16-53, 64

Cornella

canadensis 16-70

Cornus

  alba 16-82, *16-24*

  ——*var. rutokensis* 16-83

  ——*var. sibirica* 16-83

  ——*ssp. tatarica* 16-83

  alba 16-89

  arborea 16-83

  brachypoda 16-89, *16-29*

  brachypoda 16-86, 88, 89

  canadensis 16-69, 70

  controversa 16-85, *16-25, 26*

  coreana 16-88, *16-27, 28*

  corynotylis 16-89

  glauca 16-86

  herbacea 16-69, 70

  ignorata 16-86, 89

  japonica 16-73

  kousa 16-73

  macrophylla 16-86, 88, 89

  obovata 16-85

  officinalis 16-78

  purpurea 16-83

  rutokensis 16-83

  sanguinea 16-83, 85

  sibirica 16-83

  subumbellata 16-83

  suecica 16-83

  sylvestris 16-82

  tatarica 16-82

  ——*var. sibirica* 16-83

  unalaschkensis 16-70

Corylus

  avellana

  ——*var. davurica* 2-11

  hallaisanensis 2-12, *2-2*

  heterophylla 2-11, *2-1*

——*var. sieboldiana* 2-14

mandshurica 2-13, *2-3*

rostrata

——*var. manshurica* 2-13

——*var. mitis* 2-15

——*var. sieboldiana* 2-14

sieboldiana 2-14, *2-4*

——var. mitis 2-15

——var. typica 2-15

Cotoneaster 6-57

Crataegus

alnifolia 6-27, 37

coreanus 6-61

komarovi 6-64, *6-29*

maximowiczii 6-62, 63, *6-28*

oxyacantha

——*var. pinnatifida* 6-60

pinnatifida 6-60, *6-26*

——var. major 6-13, 61, *6-27*

——var. psilosa 6-61, *6-26*

——var. typica 6-60, *6-26*

taquetii 6-37

tenuifolia 6-64

Croton

congestum 17-60

Cudrania

tricuspidata 19-118, 135, *19-37*

triloba 19-118

Cydonia

sinensis 6-46

Cynoxylon

japonica 16-73

——var. exsucca 16-75

——var. typica 16-74, *16-19*, 20

——f. minor 16-74, *16-21*

——var. viridis 16-75, *16-22*

kousa 16-74

——*var. dilatata* 16-74

——*var. exsucca* 16-75

——*var. viridis* 16-75

Cyrta

japonica 13-52

D.

Damnacanthus

indicus 14-106, *14-22*

——var. ..inus 14-106

——var. latifolius 14-107, *14-23*

——*var. major* 14-107

major 14-95

DAPHNACEAE 17-36, 41

Daphne

argyi 20-67

cannabina 17-49

fortunei 17-50

genkwa 17-49, 101, *17-12*

——*var. fortunei* 17-44

kamtsehatica 17-45, 91, *17-13*

kiusiana 17-48, 101, *17-11*

odora 17-49

——*var. kiusiana* 17-49

sinensis 17-49

Daphnidium

lancifolium 22-56

Dendropanax

morbiferum 16-43

Deutzia

coreana 15-62, *15-16*

corymbosa

——*var. parviflora* 15-67

fauriei 15-66

glaberrima 15-66

glabrata 15-65, *15-21*

grandiflora 15-61, 62, 63

paniculata 15-59, *15-14*

parviflora 15-67, *15-20*
——*var. amurensis* 15-67
prunifolia 15-67, *15-15*
——var. latifolia 15-61, *15-15*
tozawae 15-64, *15-18*
triradiata 15-63, *15-17*
Diapensia
lapponica
——*var. asiatica* 13-6
——*var. obovata* 13-6
obovata 13-6, *13-1*
DIAPENSIACEAE 13-3, 4
Diervilla
brevicalycina 11-90
floribunda 11-90
florida
——var. venusta 11-89, *11-39*
——f. alba 11-89
——*var. alba* 11-89
——f. brevicalycina 11-90
——f. candida 11-89
——*var. candida* 11-89
——f. isoline 11-90
——*var. isoline* 11-90
florida 11-88, 89, 90
——*var. pilosa* 11-88
praecox 11-87, *11-38*
——var. pilosa 11-88
subsessilis 11-90, *11-41*
versicolor 11-91
Dimorphanthus
elatus 16-48
mandshuricus 16-49
Diospyros
. *chinensis* 13-29
costata 13-29
kaki 13-29, *13-7*

lotus 13-27, *13-6*
roxburghii 13-29
Diplomorpha
japonica 17-45
trichotoma 17-45, 101, *17-10*
DRUPACEAE 5-3, 14
Dryas
octopetala
——var. asiatica 7-49, *7-17*
E.
EBENACEAE 13-17, 25
Echinopanax
elatum 16-41
horidum 16-41
Ehretia
acuminata 14-24
serrata 14-24
——*var. obovata* 14-24
thyssiflora 14-24, *14-4*
ELAEAGNACEAE 17-3, 7
Elaeagnus
coreana 17-14
crispa
——var. coreana 17-14
——var. parvifolia 17-13
——var. typica 17-12, 100, *17-1*
crispa 17-12, 14
glabra 17-16, 100,
——var. lanceolata 17-17
——var. oxyphylla 17-17, *17-3*
——*ssp. oxyphylla* 17-17
hisauchii 17-20
macrophylla 17-18, 100, *17-4*
maritima 17-20, 100, *17-7*
nikaii 17-19, 100, *17-5*
parvifolia 17-14
submacrophylla 17-19, 100, *17-6*

umbellata 17-12, 13

——*ssp. eu-umbellata* 17-13

——*var. parvifolia* 17-14

——*ssp. parvifolia* 17-14

——*var. typica* 17-13

ELAEOCARPACEAE 12-57, 61

Elaeocarpus

decipiens 12-65

elliptica 12-65, *12-17*

ellipticus 12-65

japonica 12-65

photiniaefolia 12-65

Elatostemma

nipponica 21-142

umbellata 21-142

Eleutherococcus

brachypus 16-29

cissifolius 16-29

——var. normalis 16-29

——var. scandens 16-30

giraldii 16-30

——var. inermis 16-30

henryi 16-30

hypoleucus 16-30

japonicus 16-31, 32

koreanus 16-34, *16-7*

leucorhizus

——var. fulvescens 16-31

——var. scaberulus 16-31

pentaphyllus 16-31

rehderianus 16-32

senticosus 16-33, *16-6*

setchuensis 16-32

simonii 16-32

stenophyllus 16-33

wilsonii 16-33

Embryopteris

kaki 13-29

EMPETRACEAE 21-115, 118

Empetrum

nigrum

——var. asiatcium 21-121, [177,

21-10

——*f. japonicum* 21-110

——*var. genuinum* 21-110

Epimedium

koreanum 21-69

macranthum 21-69

ERICACEAE 8-3, 18

Esquirolia

sinensis 10-34

Eubasis

dichotoma 16-66

Euonymus

tobira 21-90

Eurya

chinensis 17-91

emarginata 17-91, 103, *17-20*

hortensis 17-93

japonica

——var. aurescens 17-93, 104

——var. integra 17-93

——var. *hortensis* 17-93, 104

——var. montana 17-92, 103, *17-

21*

——*var. montana* 17-94

——*var. multiflora* 17-93, 94

——*var. pusilla* 17-93, 94

——*var. thunbergii* 17-93

——*var. uniflora* 17-93, 94

japonica 17-92, 93

littoralis 17-91

microphylla 17-94

montana 17-93

ochnachea 17-88

uniflora 17-93

Evonymus

tobira 21-90

Exochorda

serratifolia 4-12, *4-2*

F.

FAGACEAE 3-3, 11

Fagus

japonica 3-13, *3-1*

Ficus

erecta 19-125, 133, *19-38*

——var. sieboldii 19-127, *19-39*

erecta 19-130

fauriei 19-129

foveolata 19-129, 130

——*var. macrocarpa* 19-129

——*var. nipponica* 19-130

——*var. thunbergii* 19-129

hederifolia 19-129

japonica 19-126

minima 19-129

nipponica 19-130, 133, *19-41*

pseudo-pyriformis 19-128

pumila 19-126, 128, 130

pyrifolia 19-126

sieboldii 19-127

stipulata 19-128, 133, *19-40*

——*var. minima* 19-129

taquetii 19-126

thunbergii 19-129

Fisakaki

kaempfer 17-92

Fiwa

japonica 22-60, 87, *22-7*

mushaensis 22-58

Flacourtia

chinensis 17-60

japonica 17-60

ochnacea 17-78

FLACOURTIACEAE 17-55, 57

Forsythia

japonica

——*var. saxatilis* 10-23

ovata 10-22, *10-3*

saxatillis 10-23

suspensa 10-21

viridissima 10-21, *10-2*

Fortunea

chinensis 20-84

Frangula

crenata 9-35, *9-14*

Fraxinus

bungeana 10-26

cninensis 10-26

——*var. rhynchophylla* 10-26

longicuspis 10-27, *10-6, 7*

mandshurica 10-29, *10-8*

nigra

——*var. mandshurica* 10-29

rhynchophylla 10-26, *10-4, 5*

sieboldiana 10-28

G.

Gardneria

insularis 14-6, *14-1*

Gilibertia

morbifera 16-43

Girardinia

cuspidata 21-142

Grewia

parviflora 12-56, *12-16*

——var. angusta 12-57, *12-16*

H.

HALESIACEAE 13-47, 50
Hedera
  colchica 16-45
  helix 16-44
  ——*var. colchica* 16-45
  ——*var. japonica* 16-45
  ——*var. rhombea* 16-43
  japonica 16-43
  rhombea 16-43
  senticosa 16-33
  tobleri 16-44, *16-14, 15*
Hemiptelea
  davideana 19-43
  davidii 19-43, 79, *19-14*
Hibiscus
  abutiloides 21-108
  arboreus 21-108
  boninensis 21-108
  elatus 21-109
  glaber 21-109
  macrophyllus 21-110
  setosus 21-110
  similis 21-111
  spathaceus 21-110
  syriacus 21-104
  tiliaceus 21-108, 111
  ——*var. genuinus* 21-111
  ——*var. glabra* 21-109
  ——*var. hamabo* 21-109
  ——*var. heterophyllus* 21-111
  ——*var. tortuosus* 21-111
  tiliaefolius 21-111
  tortuosus 21-111
  trionum 21-105
  vulpinus 21-110
Hisingera
  japonica 17-60

racemosa 17-60
Hocquartia
  manshuriensis 21-29, 173, *21-1*
Homoceltis
  japonica 19-48
Homoioceltis
  aspera 19-48
Hovenia
  dulcis
  ——var. glabra 9-19, *9-4*
Hydrangea
  acuminata 15-71
  ——*var. buergeri* 15-72
  bracteata 15-74
  buergeri 15-72
  cordifolia 15-74
  coreana 15-71
  hortensia
  ——*var. acuminata* 15-71
  opuloides
  ——*var. acuminata* 15-71
  ——*var. angustata* 15-71
  ——*var. serrata* 15-71
  petiolaris 15-73, *15-22*
  ——*var. bracteata* 15-74
  ——var. cordifolia 15-74, *15-23*
  ——var. ovalifolia 15-73
  scandens 15-73
  ——*var. cordifolia* 15-74
  ——*var. petiolaris* 15-73
  serrata 15-71, *15-21*
  ——var. acuminata 15-71
  ——f. buergeri 15-72
  ——f. fertilis 15-72
  taquetii 15-75
  thunbergii 15-71
  tiliaefolia 15-73

I.

Idesia
  emarginata 17-91
  polycarpa 17-62, 102, *17-15*
  ——var. latifolia 17-63
Illicium
  anisatum 20-119, 135, *20-22*
  religiosum 20-120
Incarvillea
  tometosa 14-83
Iozoste
  lancifolia 22-56, 88, *22-7*

J.

Jamma
  momu 20-67
Japonasarum 21-18
Jardneria
  insularis 14-6, *14-1*
Jeffersonia
  dubia 21-70
  manchuriensis 21-65
JUGLANDACEAE 20-71, 81
Juglans
  mandshurica 20-91, 94, *20-17,
    18*
  mandshurica 20-91, 92
  regia
  ——*var. octogona* 20-91
  stenocarpa 20-91

K.

Kadsura
  chinensis 20-112
  japonica 20-116, 135, *20-21*
Kalangolum
  platanifolium 17-31, 32
Kalopanax
  autumnalis 16-37

pictum 16-36, *16-8~10*
  ——var. magnificum 16-38
  ——var. typicum 16-37
  ricinifolium 16-36, 38
  ——*var. magnificum* 16-38
  septemlobus 16-37
Kerria
  japonica 7-47, *7-16*
  ——f. plena 7-47
  ——f. typica 7-47
  tetrapetala 7-45

L.

LABIATAE 14-47, 56
Laportea
  bulbifera 21-143
·LARDIZABALACEAE 21-33, 40
LAURACEAE 22-3, 17
Laurocerasus
  buergeri 5-17
Laurus 13-42
  camphora 22-27, 30
  camphorifera 22-30
  gracilis 22-31
  indica 22-40
  sericea 22-49
  umbellata 6-33
Ledum
  dilatatum 8-23
  palustre
  ——var. angustum 8-24, *8-3*
  ——var. dilatatum 8-23, *8-1*
  ——*var. dilatatum* 8-23, 22
  ——var. diversipilosum 8-24
  ——var. maximum 8-24, *8-2*
  ——var. subulatum 8-24, *8-4*
Leontice
  microrhyncha 21-70

Ligustridium
  japonicum 10-34, 35
Ligustrina
  amurensis 10-47
  ——*var. japonica* 10-47
  ——*var. mandshurica* 10-47
Ligustrum
  ciliatum
  ——*var. glabrum* 10-40
  ——*var. heterophyllum* 10-37
  ——*var. salicinum* 10-38
  ——*var. spathulatum* 10-40
  foliosum 10-36, *10-11*
  ——f. ovale 10-36
  ibota 10-39
  ——f. angustifolium 10-40
  ——*var. angustifolium* 10-40
  ——f. glabrum 10-40, *10-14*
  ——f. microphyllum 10-41, *10-15*
  ——*var. microphyllum* 10-41
  ——*var. obovatum* 10-37
  ——f. tschonoskii 10-41, *10-16*
  ——*var. tschonoskii* 10-41
  ——f. typicum 10-40
  japonicum 10-35, *10-10*
  lucidum 10-33, *10-9*
  media 10-37
  obtusifolium 10-40
  ovalifolium 10-37, *10-12*
  roxburghii 10-34
  salicinum 10-38, *10-13*
  sinense 10-34
  taquetii 10-35
  tschonoskii 10-41
  vulgare 10-40
Lindera
  angustifolia 22-81

  angustiforium 22-81
  ——*var. glabrum* 22-81
  erythrocarpa 22-76
  glauca 22-81, 83
  molis 22-72
  nakaiana 22-81
  obtusiloba 22-71
  praecox 22-83
  ——*sericea* 22-78, 79
  ——*var. tenuis* 22-79
  umbellata 22-76
  ——*var. sericea* 22-78
Linnaea
  borealis
  ——f. arctica 11-51, *11-16*
  borealis 11-51
Lithocarpus
  cuspidata 3-18, *3-8*
  sieboldii 3-19, *3-8*
Litsea
  coreana 22-40, 57
  foliosa 22-46
  glauca 22-49
  japonica 22-60
  lancifolia 22-57
  mushaensis 22-58
  tomentosa 22-61
Lodhra
  crataegoides 13-39
LOGANIACEAE 14-1, 5
Lonicera
  acuminata
  ——*var. japonica* 11-60
  altaica 11-71
  barbinervis 11-84
  brachypoda 11-61

caerulea
——var. altaica 11-71
——var. edulis 11-69, *11-25*
——var. glabrescens 11-70, *11-25, 26*
——*var. glabriuscula* 11-71
——*var. reticulata* 11-71
——*var. turczaninow* 11-70, 71
——var. venulosa 11-71, 11-26
——*var. villosa* 11-70
cerasioides 11-80, *11-33*
chamissoi 11-82
chinensis 11-60
chrysantha 11-64, *11-22*
chrysantha 11-67, 79
——*var. subtomentosa* 11-67
cochinchinensis 11-60
confusa 11-61
coreana 11-78, *11-32*
diamantiaca 11-82, *11-34*
diversifolia 11-61
edulis 11-70, 71
emphyllocalyx 11-71
flexuosa 11-61
——*var. halliana* 11-61
halliana 11-61
harai 11-77, *11-31*
hispida 11-75, 77
hypoleuca 11-83
insularis 11-66, *11-23*
japonica 11-60, *11-20*
——*var. chinensis* 11-60
——*var. flexuosa* 11-61
——*var. halliana* 11-61
·*leptantha* 11-83
longiflorae 11-60
maackii 11-63, *11-21*

maximowiczii 11-85
——*var. sachalinensis* 11-85
monantha 11-75, *11-29*
nigra
——var. barbinervis 11-84, *11-36*
nigra 11-61, 64
praeflorens 11-74, *11-28*
repens 11-60
reticulata 11-71
ruprechtiana 11-67, *11-24*
sachalinensis 11-85, *11-37*
subhispida 11-76, *11-30*
tatarinowi
——var. leptantha 11-83, *11-35*
uniflora 11-75
venulosa 11-71
vesicaria 11-72, *11-27*
vidalii 11-79, *11-33*
Lycium
barbatum 14-69
——*var. chinense* 14-69
chinense 14-68, *14-15*
megistocarpum 14-69
ovatum 14-69
trevianum 14-69
turbinatum 14-69

M.

Machilus
japonica 22-37, 86, *22-3*
longifolia 22-37
thunbergii 22-39, 86, *22-4*
——*var. japonica* 22-37
——*var. obovata* 22-40
Maclura
tricuspidata 19-118
Macrocarpium
officinale 16-78, *16-23*

Magnolia

    denudata 20-133

    ——*var. liliiflora* 20-133

    discolor 20-132

    glauca 20-129, 131

    gracilis 20-130, 132

    hirsuta 20-132

    kobus 20-128, 135, *20-24*

    kobus 20-132

    kobushi 20-130

    liliiflora 20-131, *20-25*

    liliiflora 20-132

    obovata 20-132

    ——*var. M. liliiflora* 20-132

    oyama 20-127

    parviflora 20-126, 135, *20-23*

    ——f. variegata 20-128

    praecocissima 20-130

    purpurea 20-131

    sieboldii 20-127

    thurberi 20-130

    verecunda 20-127

MAGNOLIACEAE 20-97, 104

MALACEAE

    ——→ POMACEAE 6-3, 15

Malapoenna

    aciculata 22-46

    japonica 22-61

    sieboldii 22-49

Malouetia

    asiatica 14-15

Malus

    asiatica 6-42, *6-14*

    baccata 6-40, *6-11*

    ——var. leiostyla 6-40

    ——var. mandshurica 6-41, *6-12*

    ——var. minor 6-40

    ——var. sibirica 6-40

    ——*ssp. toringo* 6-37

    micromalus 6-41, *6-13*

    sargentii 6-38

    toringo 6-37, *6-10*

    toringo 6-38

Malva

    olitoria 21-105

    ——*var. crispa* 21-105

    sylvestris

    ——*var. mauritiana* 21-105

    verticillata 21-105

    ——var. crispa 21-105

    ——var. olitoria 21-105

MALVACEAE 21-97, 103

Marlea

    begoniaefolia 17-31

    macrophylla

    ——var. trilobata 17-30, 101, *17-8*

    ——var. velutina 17-32, 101

    macrophylla 17-30, 32

    platanifolia

    ——var. typica 17-32, 101, *17-9*

    platanifolia 17-30, 32, 33

    ——*var. macrophylla* 17-31

    ——*var. trilobata* 17-30

    sinica 17-33

Maximowiczia

    amurensis 20-112

    chinensis 20-112

Menziesia

    caerulea 8-26

    taxifolia 8-26, 27

Mespilus

    pinnatifida 6-60

Micromeles

    alnifolia 6-27, *6-4*

——var. hirtella 6-28
——var. lobulata 6-28
—— var. macrophylla 6-28
——var. tiliaefolia 6-28
——var. typica 6-27
Microrhamnus
　franguloides 9-20
　taquetii 9-21
Mokofua
　japonica 17-97
MORACEAE 19-82, 94
Morus
　acidosa 19-103
　alba 19-98
　——*var. latifolia* 19-99
　——*var. multicaulis* 19-99
　——var. romana 19-99
　——*var. tatarica* 19-99
　alba 19-99, 102
　——*var. indica* 19-103
　——*var. M. japonica* 19-103
　——*var. mongolica* 19-107
　——*var. stylosa* 19-103, 105
　bombycis 19-102, 134, *19-29, 30*
　——f. dissecta 19-105, *19-29*
　——var. caudatifolia 19-106, *19-32*
　——var. maritima 19-105, 134, *19-31*
　bombycis 19-105
　cathayana
　——*var. japonica* 19-100
　caudatifolia 19-106
　chinensis 19-99
　constantinopolitana 19-99
　indica 19-102
　integrifolia 19-119

japonica 19-102
kaempferi 19-116
latifolia 19-99
longistyla 19-103
mongolica 19-107, 133, *19-33*
——var. diabolica 19-107, *19-33*
multicaulis 19-99
nigra 19-100
papyrifera 19-111, 115
romana 19-99
rubra
——*var. japonica* 19-100
stylosa 19-103
tatarica 19-99
tiliaefolia 19-100, 133, *19-28*
tookwa 19-99
venosa 19-99
Myrica
　nagi 20-68
　——*var. acuminata* 20-68
　rubra 20-60, *20-15*
　——var. acuminata 20-68
　——*var. formosana* 20-68
　——*var. rubra* 20-60
　rubra 20-60
MYRICACEAE 20-61, 65
Myroxylon
　japonicum 17-60
　racemosum 17-60
MYRSINACEAE
　⟶ ARDISIACEAE 13-13, 14
Myrtillus
　uliginosa 8-64

N.

NANDINACEAE 21-67
Nanocnide
　japonica 21-143

Navella
  repens 21-111
Neillia
  millsii 4-27
  uekii 4-27, *4-13*
Neolitsea
  aciculata 22-46, 83, *22-5*
  glauca 22-49
  paraciculata 22-48
  sericea 22-48, 86, *22-6*
  sieboldii 22-49
Nerium
  divaricatum 14-15
Nintova
  japonica 11-60

O.

Olea
  clavata 10-34
OLEACEAE 10-1, 14
Opa
  japonica 6-33
Oplopanax
  elatum 16-40, *16-11*
Opulaster
  amurensis 4-31, *4-15*
Ostrya
  italica
  ——*var. virginica* 2-16
  japonica 2-16, *2-6*
  ostrya
  ——*var. japonica* 2-16
  virginica 2-16
Oxycoccoides
  japonicus 8-52, *8-20*
Oxycoccus
  microcarpus 8-54
  palustris 8-54

pusillus 8-54, *8-21*

P.

Padus
  racemosa 5-20
  ——*var. pubescens* 5-20
  vulgaris 5-20
Paederia
  chinensis 14-103, *14-21*
  ——var. angustifolia 14-104
  ——var. velutina 14-104, *14-21*
  foetida 14-104
  tomentosa 14-104
Paliurus
  aubletia 9-14
  aubletii 9-14
  ramosissimus 9-14, *9-1*
Palura
  argutidens 13-42, *13-10*
  odorata 13-39
  paniculata 13-39, *13-8*
  ——var. leucocarpa 13-40
  sinica 13-39
  tanakana 13-41, *13-9*
Panax
  ricinifolium 16-36
  sessiliflorum 16-25
Papyrius
  japonica 19-112
Parietaria
  coreana 21-143
  micrantha 21-143
Paritium
  abutiloides 21-108
  boninense 21-108
  elatum 21-108
  filiaceum 21-111
  glabrum 21-109

hamabo 21-109, 176, *21-9*
macrophyllum 21-111
simile 21-111
tiliaceum 21-108, 109
tiliaefolium 21-111
——*var. heterophyllum* 21-111
Parthenocissus
  tricuspidata 12-13
Pasania
  cuspidata 3-18, 19
  ——*var. sieboldii* 3-19
  ——*var. thunbergii* 3-18
  sieboldii 3-19
Passerina
  japonica 17-45
Paullina
  japonica 12-15
Paulownia
  tomentosa 14-83, *14-16, 17*
  wilsonii 14-104
Perechites
  thunbergii 14-15
Persea
  camfora 22-31
  iaponica 22-40
Persica
  vulgaris 5-33
Philadelphus
  coronarius
  ——*var. mandshuricus* 15-55
  ——*var. pekinensis* 15-53, 55
  ——*var. satsumi* 15-53
  ——*var. tenuifolius* 15-54
  lasiogynus 15-56, *15-13*
  ·mandshurica 15-53
  pekinensis 15-52
  scaber 15-52, *15-11*

schrenckii 15-55, *15-12*
——*var. jackii* 15-55
schrenckii 15-53
tenuifolius 15-54
Photinia
  arguta
  ——*var. villosa* 6-31
  variabilis 6-30
  villosa 6-30
  ——*var. typica* 6-30
  ——*var. zollingeri* 6-31
Phyllodoce
  caerulea 8-26, *8-5*
  taxifolius 8-27
Phyllostachys
  bambusoides 20-20, 49, 50
  edulis 20-54
  fauriei 20-53
  henonis 20-53
  macrantha 20-50
  megastachya 20-50
  mitis 20-54
  nigra 20-51
  ——f. punctata 20-52, *20-13*
  ——var. henonis 20-53
  puberula 20-50, 53
  ——*var. nigra* 20-53
  ——*var. nigropunctata* 20-53
  ——*var. punctata* 20-53
  pubescens 20-54, *20-14*
  quilioi 20-50
  reticulata 20-49, *20-11, 12*
Phyllyrea
  paniculata 10-34
Physocarpus
  amurensis 4-31
Pilea

oligantha 21-143

peploides 21-143

taquetii 21-143

viridissima 21-143

Piper

arcuatun 18-7

futokadsura 18-7, *18-1*

PIPERACEAE 18-1, 4

Pirus

baccata 6-38

——*var. mandshurica* 6-39

——*var. sibirica* 6-38

brunnea 6-29, 22-81

mengo 6-36

rivularis 6-36

sieboldi 6-36

spectabilis 6-36

——*var. albescens* 6-28

subcrataegifolius 6-36

taqueti 6-20

toringo 6-36

varioti 6-20

PITTOSPORACEAE 21-83, 87

Pittosporum

denudatum 21-92

makinoi 21-92

tobira 21-89, 176, *21-8*

tobira 21-90, 92, 93

——*var. calvescens* 21-93

Plagiorhegma

dubium 21-70

Plagiospermum

sinense 5-46

Planera

acuminata 19-38

davidii 19-43

japonica 19-38

kaki 19-38

keaki 19-38

Platycarya

strobilacea 20-83, 94, *20-16*

——var. coreana 20-86, 94

strobilacea 20-86

Pleioblastus 20-34

simonii 20-35, *20-6*

Polycarpa

maximowiczii 17-63

Polychroa

scabra 21-143

POMACEAE 6-3, 17

Populus

balsamifera

——*var. simonii* 18-208

——*var. suaveolens* 18-205

davidiana 18-195, 217, *18-47, 48*

——*f. laticuneata* 18-197

——*var. tomentella* 18-198

jesoensis 18-194, *18-46*

koreana 18-202, 204, 218, *18-49*

laurifolia

——*var. simonii* 18-208

maximowiczii 18-205, 206, 215, *18-50*

——var. barbinervis 18-207

simonii 18-208, 217, *18-51, 52*

suaveolens 18-205, 208

tremula 18-195

——*var. davidiana* 18-196, 198

Porphyra

dichotoma 14-33

Potentilla

fruticosa

——var. vulgaris 7-81, *7-35*

Pourthiaea

coreana 6–31

variabilis 6–30

villosa 6–30, *6–6*

——var. brunnea 6–31

——~~var.~~ coreana 6–31

——var. longipes 6–31

——var. typica 6–30

——var. zollingeri 6–31

zollingeri 6–31

Princepia

sinensis 5–46, *5–27*

Prunus

angustissima 5–25

ansu 5–43

armeniana

——*var. ansu* 5–43

——*var. mandshurica* 5–42

aspera 19–47

buergeri 5–17, *5–1*

communis 5–44

densifolia 5–25, *5–6*

diamantina 5–19

diversifolia 5–20

donarium 5–30

——*var. compte* 5–31

——*var. elegans* 5–30

——*ssp. sachalinensis* 5–26, 29

——*ssp. verecunda* 5–31

elliptica 12–65

fauriei 5–17, 20

floribunda 5–26

glandulifolia 5–19

glandulosa 5–37, *5–20*

——var. albiplena 5–37

——*var. glabra* 5–37

——var. sinensis 5–37

——*var. trichostyla* 5–37

herincquiana 5–33

——*var. ascendens* 5–33

itosakura 5–32, *5–17*

——var. ascendens 5–32

——var. rosea 5–33

jamasakura

——*var. borealis* 5–26, 28

——*var. elegans* 5–30

——*var. pubescens* 5–30

——*var. verecunda* 5–31

japonica

——*var. glandulosa* 5–37

——*var. maxim* 5–37, 38

——*var. multiplex* 5–38

leveilleana 5–31

maackii 5–19, *5–2*

——*var. diamantina* 5–19

mandshurica 5–42, *5–25*

maximowizii 5–22, *5–5*

mume 5–41, *5–24*

nakaii 5–38, *5–22*

padus 5–20, *5–3*

——var. pubescens 5–20

——var. seoulensis 5–21, *5–4*

paniculata 13–39

paracerasus 5–30

pendula

——*var. ascendens* 5–32

persica 5–34, *5–19*

pseudocerasus 5–26, 30, 31

——*var. borealis* 5–26

——*var. jamasakura* 5–30

——*var. sachalinensis* 5–26

——*var. serrulata* 5–30

——*var. spontanea* 5–26

quelpaertensis 5–27, *5–19*

sachalinensis 5–26, *5–7*

salicina 5-44

sargentii 5-26

seoulensis 5-21

serrulata 5-29, *5-10*

——*var. borealis* 5-26

——var. compta 5-31, *5-15*

——var. glabra 5-30, *5-10*

——var. intermedia 5-32, *5-16*

——var. pubescens 5-30, *5-11*

——*var. sachalinensis* 5-26

——var. sontagiae 5-31, *5-13*

——var. tomentella 5-31, *5-12*

——var. verecunda 5-31, *5-14*

sinensis 5-37

sontagiae 5-31

subhirtella

——*var. oblongifolia* 5-17

tomentosa

——var. insularis 5-39, *5-23*

triflora 5-44, *5-26*

trifolia 5-44

triloba 5-32, *5-18*

——var. truncata 5-34

verecunda 5-31

yedoensis 5-27, *5-8*

Psedera

thunbergii 12-13, *12-1*

tricuspidata 12-13

Pseudocydonia

sinensis 6-46, *6-16*

Pseudogardneria

nutans 14-6

Pseudosasa

japonica 20-19, 57, *20-1, 2*

——var. purpurascens 20-22

kurilensis 20-45

owatarii 20-19

spiculosa 20-31

usawai 20-19

PYRENACEAE 14-25, 31

Pyrus

acidula 6-51, *6-18*

americana

——*var. microcarpa* 6-25

aucuparia

——*var. japonica* 6-25

calleryana 6-57, *6-25*

——*var. dimorphophylla* 6-57

——*var. fauriei* 6-56

communis 6-52, 55

——*var. hiemalis* 6-55

——*var. sinensis* 6-55

dimorphophylla 6-57

fauriei 6-56, *6-24*

macrostipes 6-54, *6-22*

maximowicziana 6-52, *6-20*

miyabei 6-27

montana 6-55, *6-23*

——var. rehderi 6-55

ovoidea 6-50, *6-17*

serotina 6-55

——*var. culta* 6-55

sieboldi 6-55

simoni 6-52

sinensis 6-46, 50, 52, 55

——*var. culta* 6-55

——*var. maximowicziana* 6-52

——*var. ussuriensis* 6-51

ussuriensis 6-51, *6-19*

ussuriensis 6-51, 52

vilis 6-53, *6-21*

Q.

Quercus

acuminatissima 3-23

acuta 3-35, *3-22*

acutissima 3-23, *3-9*

aliena 3-28, *3-14*

——var. pellucida 3-29

——var. rubripes 3-29

angusta-lepidota 3-32, *3-19*

——var. coreana 3-33

——var. typica 3-33

annulata 3-37

buergeri 3-35

bungeana 3-24

canescens 3-27

——*var. urticaefolia* 3-27

chinensis 3-24

coreana 3-27

crispula

——*var. manshurica* 3-26

cuspidata 3-18

dentata 3-34, *3-20*

——var. erecto-aquamosa 3-35, *3 -21*

——var. falax 3-34

——*var. grandifolia* 3-34

——*var. wrightii* 3-34

dentata 3-31

dentosa 3-37

donarium 3-31, *3-16*

glandulifera 3-27, *3-13*

——*var. major* 3-30

glauca 3-37, *3-24*

glauca 3-36, 38

——*var. stenophylla* 3-36

griffithii 3-29

grosse-serrata 3-26, 25

kasaimok 3-35

laevigata 3-35

laxiflora 3-38

longinux 3-36

major 3-30, *3-15*

marginata 3-35

mccormickii 3-29, *3-17*

——var. koreana 3-32

mongolica 3-25

——var. liaotungensis 3-26, *3-11*

——var. manshurica 3-26, *3-12*

——var. typica 3-26

myrsinaefolia 3-38, *3-25*

myrsinaefolia 3-36

nipponica 3-32

obovata 3-34

phullata 3-38

pseudoglauca 3-33

pseudo-myrsinaefolia 3-34

quelpaertensis 3-35

serrata 3-24, *3-10*

——*var. chinensis* 3-24

serrata 3-24

sessiliflora

——*var. mongolica* 3-25

stenophylla 3-36, *3-23*

taquetii 3-38

urticaefolia 3-27

variabilis 3-24

vibrayana 3-38

Quinaria

tricuspidata 12-13

R.

Raiania

hexaphylla 21-43

quinata 21-46

Rajania

hexaphylla 21-43

quinata 21-46

Ramium

  caudatum 21-169

  niveum 21-148

Raphiolepis

  integerrima 6-34

  japonica 6-33, 34

  mertensii 6-34, *6-9*

  ——var. ovata 6-34

  ovata 6-34

  umbellata 6-33, *6-8*

  ——var. liukiuensis 6-33

  ——*var. mertensii* 6-34

  ——*f. ovata* 6-32

RHAMNACEAE 9-3, 11

Rhamnella

  frangulioides 9-20, *9-5*

  japonica 9-21

Rhamnus

  catharticus

  ——*var. davuricus* 9-32

  crenata 9-30, 35

  davurica 9-32, *9-12*

  ——var. nipponica 9-33, *9-13*

  davurica 9-33

  diamantiaca 9-29, *9-10*

  glabra 9-24

  ——*var. manshurica* 9-25

  globosa 9-25, 27

  ——*var. glabra* 9-24

  ——*var. taquetii* 9-26

  koraiensis 9-27, *9-8*

  parvifolia 9-30, *9-11*

  parvifolia 9-25, 27

  polymorphus 9-30

  schneideri 9-24, *9-6*

  ——var. manshurica 9-25, *9-6*

shozyoensis 9-26, *9-9*

shozyoensis

  ——*var. glabrata* 9-24

taquetii 9-26, *9-7*

thea 9-37

theezans 9-37

virgatus

  ——*var. aprica* 9-30

  ——*var. parvifolia* 9-30

  ——*var. sylvestris* 9-30

zizyphus 9-17

· RHINANTHACEAE 14-71, 81

Rhododendron

  brachycarpum 8-43, *8-14*

  chamaecistus 8-40

  chrysanthum 8-42, *8-13*

  confertissimum 8-34, *8-8*

  coreanum 8-49

  dauricum 8-35, *8-9*

  ——*var. mucronulatum* 8-35, 37

  dauricum 8-37

  hallaisanense 8-49

  indicum

  ——*var. simsii* 8-49

  ledifolium 8-49

  micranthum 8-32, *8-7*

  mucronulatum 8-37, *8-10*

  ——var. albiflorum 8-39

  ——var. ciliatum 8-39, *8-11*

  palustre 8-31

  parviflorum 8-31

  parvifolium 8-31, *8-6*

  ——*var. alpinum* 8-34

  poukhanense 8-49, *8-18*

  ——var. plenum 8-49

  pritzelianum 8-32

  redowskianum 8-40, *8-12*

rosthornii 8-32

schlippenbachii 8-45, *8-15*

taquetii 8-37

tschonoskii 8-48, *8-17*

weyrichii 8-46, *8-16*

Rhodotypos

  kerrioides 7-45

  tetrapetala 7-45, *7-15*

Rhynchospermum

  japonicum 14-16

  jasminoides 14-15

Ribes

  alpinum 15-37

  ——*var. japonicum* 15-39

  ——*var. mandshuricum* 15-37

  burejense 15-45, *15-9*

  cuneatum 15-36

  diacantha 15-35, *15-2*

  distans 15-37, *15-3*

  ——var. breviracemum 15-38, *15-4*

  ——*var. japonicum* 15-39

  fasciculatum 15-32, *15-1*

  ——var. chinense 15-32

  ——var. japonicum 15-33

  horridum 15-47, *15-10*

  lacustre 15-47

  ——*var. horridum* 15-47

  mandshuricum 15-44, *15-8*

  ——var. subglabrum 15-44

  ——var. villosum 15-44

  maximowiczii 15-37

  multiflorum 15-44

  ——*var. mandshuricum* 15-44

  procumbens 15-42, *15-7*

  saxatilis 15-35

  tricuspe 15-38

——var. japonicum 15-39, *15-5*

——var. typicum 15-39

ussuriense 15-41, *15-6*

Rosa

  acicularis

  ——var. gmelini 7-39, 40, *7-10*

  ——var. taquetii 7-40, *7-11*

  alpina 7-39

  beggeriana

  ——*var. tianshanica* 7-28

  canescens 7-40

  carelica 7-39

  cinnamomea 7-38

  ——*var. davurica* 7-38

  corascens 7-39

  coreana 7-28

  davurica 7-37, *7-9*

  ——var. alba 7-38

  diversistyla 7-30

  fauriei 7-28, 40

  gmelini 7-39

  granulosa 7-28, 40

  ——*var. coreana* 7-28

  involuta 7-39

  jackii 7-28

  ——*var. pilosa* 7-29

  jaluana 7-40, 43

  kamtschatica 7-36

  koreana 7-43, *7-14*

  luciae 7-30, *7-2*

  ——*var. aculestissima* 7-28

  maximowicziana 7-28, *7-1, 3*

  ——f. adenocalyx 7-29

  ——f. leiocalyx 7-29

  ——var. pilosa 7-29

  mokanensis 7-30, 32

  moschata 7-30

multiflora 7-28, *7-4*
——var. adenophora 7-32, *7-5*
——var. ̄genuina 7-32
——var. microphylla 7-32
——*var. quelpaertensis* 7-32
multiflora 7-28, 30, 32
nakaiana 7-32
pimpinellifolia 7-41, *7-12*
pimpinellifolia 7-30
platyacantha 7-35
polita 7-30
quelpaertensis 7-32
rubro-stipullata 7-42, *7-13*
——var. alpestris 7-42
rugosa 7-36, *7-7*
——*var. chamissoniana* 7-37
——var. kamtschatica 7-36, *7-8*
——var. pilosa 7-40
——*var. subinermis* 7-37
——*var. typica* 7-36
——*var. ventenatiana* 7-37
sabanda 7-40
sempervirens 7-30
spinosissima
——*var. mandshurica* 7-28
suavis 7-39
wichuraiana 7-30
willdenowii 7-38
wilsoni 7-39
xanthina 7-35
xanthinoides 7-35, *7-6*
ROSACEAE 7-3, 24
RUBIACEAE 14-82, 88
Rubus
ampelophyllus 7-59
arcticus 7-52, *7-18*
asper 7-63, *7-22*

buergeri 7-54, *7-19*
corchorifolius 7-56, *7-20*
——*var. glaber* 7-57
——var. oliveri 7-57, *7-20*
——var. typica 7-57
coreanus 7-73, *7-29*
——*var. nakaianus* 7-73
crataegifolius 7-59, *7-21*
——*var. subcrataegifolius* 7-59
croceacantha 7-66, *7-24*
diamantiacus 7-78
erectifolius 7-59
hiraseanus 7-74
hoatiensis 7-73
hongnoensis 7-67, *7-25*
idaeus
——var. concolor 7-79
——var. coreana 7-78
——var. microphyllus 7-78, *7-33*
——*var. nipponicus* 7-76, 78
——*var. strigosus* 7-78
itoensis 7-59
japonicus 7-47
kerriifolius 7-57
komarovi 7-79
macropodus 7-76
makinoensis 7-59
maximowiczii 7-59
melanolasius 7-78
——*var. concolor* 7-79
moluccanus 7-54
morifolius 7-59
myriadenus 7-64, *7-22*
——*var. microcarpa* 7-63
——*var. minor* 7-63
nakaianus 7-74
oldhami 7-69

oliveri 7–57

ouensanensis 7–59, 76

phoenicolasius 7–72, *7–28*

pseudoamericanus 7–59

pseudosaxatilis 7–73

pungens

——var. oldhami 7–69, *7–27*

purpureus 7–76

querpaertensis 7–73

rosaefolius 7–63

savatieri 7–59

schizostylis 7–74, *7–30*

sieboldii 7–54

sorbifolius 7–63, 64

sp. 7–68, *7–26*

stephanandria 7–65

subcrataegifolius 7–59

suberectifolius 7–59

taiwanianus 7–74

takesimensis 7–61

taquetii 7–76

thunbergii 7–65, *7–23*

thunbergii 7–76

tokkura 7–73

transiens 7–54

triphyllus 7–75, *7–31*

——var. taquetii 7–76, *7–52*

uniflorus 7–59

vanioti 7–57

villosus 7–57

wrightii 7–59

S.

Sageretia

theezans 9–37, *9–15*

——var. tomentosa 9–37, *9–15*

Sakakia

kaempfer 17–87

ochnacea 17–87, 93, *17–19*

SALICACEAE 18–25, 60

Salix

acutifolia 18–65, 98

amygdalina

——*var. discolor* 18–93

——*var. glaucophylla* 18–94

——*var. nipponica* 18–94

——*var. triandra* 18–94

——*var. vulgaris* 18–94

aurigerana 18–148

——*f. angustifolia* 18–139

babylonica 18–174

berberifolia

——var. brayi 18–156, 157, 215, *18–34*

——var. genuina 18–155, 215, *18–33*

——*var. leiocarpa* 18–156

berberifolia 18–155, 151

bicarpa 18–147, 223, *18–29*

bicolor 18–148, 149

blinii 18–112, 224, *18–18*

brachystachya 18–110

bracteata 18–65

bracteosa 18–65, 66, *18–3~5*

brayi 18–156

——*var. berberifolia* 18–155

caprea 18–137, 138

——*var. orbicularis* 18–137, 138

cardiophylla 18–83

cinerascens 18–130

cinerea 18–110, 130

daphnoides 18–99

dasyclados 18–186

——*ssp. stipularis* 18–186

dependens 18–176, 224, *18–40*

depressa
——*var. cinerascens* 18-129
eucalyptoides 18-66
feddei 18-170
floderusii 18-129, 216, *18-23*
——f. manshurica 18-132
——var. fuscescens 18-132
——var. glabra 18-132
gilgiana 18-118, 218, *18-19*
glandulosa 18-83, 84, 221, *18-7,
8*
——var. glabra 18-86
——var. pilosa 18-85
glauca 18-129
——*var. sericea* 18-186
——*var. subglabra* 18-143
graciliglans 18-108, 224, *18-15,
16*
gracilistyla 18-110, 218, *18-17*
gymnolepis 18-118
hallaisanensis 18-135, 216, *18-25*
——f. longifolia 18-136
——*var. nervosa* 18-135
——var. orbicularis 18-137, *18-26*
——f. elongata 18-139, *18-27*
hulteni 18-138
integra 18-119, 215, *18-20*
integra 18-117
ishidoyana 18-134, 224, *18-24*
kangensis 18-107, 223, *18-14*
kinashii 18-94
koreensis 18-170, 172, 221, *18-83*
livida
——*var. cinerascens* 18-129
longifolia 18-183
macrolepis 18-65, 68
makinoana 18-118

matsudana 18-174
maximowiczii 18-78, 79, 223, *18
-6, 7*
meta-formosa 18-148, 223, *18-30*
mixta 18-187
nonandra 18-121
multinervis 18-120
myrtilloides
——var. manshurica 18-160, 220,
18-35
myrtilloides 18-113, 160, 161
nakaii 18-108
neo-lasiogyne 18-174
nipponica 18-94
nobilis 18-66
nummularis 18-153
onoei 18-187
opaca 18-186
orthostemma 18-149, 150, 223, *18
-31*
pentandra
——var. intermedia 18-88, 90, 220,
18-10
phylicifolia 18-108, 148
pogonandra 18-170
polaris
——*var. leiocarpa* 18-153
praecox 18-65, 99
pseudo-gilgiana 18-171
pseudo-jessoensis 18-171
pseudo-lasiogyne 18-174, 224, *18-
39*
purpurea 18-121
——*ssp. amplexicaulis* 18-120
——*ssp. eupurpurea* 18-118, 122
——*var. genuina* 18-122
——*var. gracilis* 18-122

——var. japonica 18-123, 124, 221, *18-21, 22*

——*var. monandra* 18-122

——*var. rubra* 18-124

——*f. rubra* 18-124

——var. smithiana 18-121, 213, *18-21, 22*

——*var. typica* 18-122

purpurea 18-118, 120, 123

——*ssp. gymnolepis* 18-112

——*var. multinervis* 18-114

pyramidalis 18-65

repens 18-108, 165

——*var. brachypoda* 18-165

——*var. flavicans* 18-165

——*f. flavicans* 18-165

—— *ssp. rosmarinifolia* 18-165

——*var. subopposita* 18-166

retusa 18-153

——*var. rotundifolia* 18-153

rorida 18-98, 100, 219, *18-12*

rorida 18-66

roridaeformis 18-102, 214, *18-13*

rotundifolia 18-152, 219, *18-32*

rubra 18-123

savatieri 18-120

sericeo-cinerea 18-140, 142, 223, *18-28*

——var. lanata 18-141, 143

sibirica

——var. brachypoda 18-164, 215, *18-36*

sibirica 18-164

——*var. subopposita* 18-166

siuzevii 18-186, 219, *18-45*

splendida 18-66

starkeana 18-130

——*var. chinerascens* 18-130

stipularis 18-185, 213, *18-44*

stipularis 18-187

subopposita 18-166, 221, *18-37*

taquetii 18-113

thunbergiana 18-110

triandra 18-93

——var. discolor 18-93, 214, *18-11*

——*var. genuina* 18-94

——*var. nipponica* 18-94

——*var. willdenowiana* 18-94

vagans

——*var. cinerascens* 18-130

——*f. cinerascens* 18-130

——*f. manshurica* 18-132

——*var. livida* 18-132

viminalis 18-181, 213, *18-41*

——var. abbreviata 18-184, *18-43*

——*var. angustifolia* 18-184

——*var. angustissima* 18-184

——var. linearifolia 18-184, *18-42*

——*var. linnaeana* 18-183

——*var. tenuifolia* 18-184

viminalis 18-184

vulcani 18-153

Sambucus

latipinna 11-27, *11-2*

——var. coreana 11-27, *11-3*

——var. miquelii 11-27, *11-4*

——f. latifolia 11-28

pendula 11-28, *11-5*

pubens 11-27

pubescens 11-27

racemosa 11-27

——*var. glaber* 11-27

——*var. miquelii* 11-27

——var. pubens 11-27

——var. pubescens 11-27

sieboldiana

——var. coreanum 11-27

——var. glabrescens 11-26, *11-1*

Sarcandra

chloranthoides 18-21

glabra 18-21, *18-2*

SARMENTACEAE 12-9

Sasa

borealis 20-31, 32

coreana 20-39, 43, 57, *20-8, 9*

japonica 20-21

kurilensis 20-40, 44, 57, *20-10*

——*var. genuina* 20-45

kurilensis 20-43

owatarii 20-19

paniculata 20-42, 45

purpurascens 20-31

quelpaertensis 20-42, *20-7*

spiculosa 20-30, 31, 32, 42

Sasamorpha

borealis 20-32

chiisanensis 20-30, 57, *20-4*

gracilis 20-29, 57, *20-3*

purpurascens 20-31

——var. borealis 20-31, 32, 57, *20-5*

——var. typica 20-31

Sassafras

thunbergii 22-73

SAXIFRAGACEAE 15-1, 25

Schizandra

chinensis 20-111, 135, *20-20*

——var. glabrata 20-114

——var. typica 20-113

chinensis 20-110, 112

discolor 20-111

japonica 20-112

nigra 20-109, 135, *20-19*

nigra 20-111

Schizophragma

hydrangeoides 15-75, *15-24*

SCROPHULARIACEAE

——→ RHINANTHACEAE 14-71, 81

Siphonanthus

tricholomus 14-40, *14-10*

——var. ferrugineum 14-40

SMILACACEAE 22-89, 97

Smilax

china 22-106, 110, *22-17*

——var. microphylla 22-109

——*var. trinervula* 22-106

herbacea

——*var. nipponica* 22-101

——*var. oldhami* 22-101, 102

japonica 22-105, 110, *22-16*

maximowiczii 22-101

nipponica 22-101

——*var. typica* 22-101

oldhami 22-102

pseudochina 22-101

sieboldii 22-103, 110, *22-15*

——var. inermis 22-105

taquetii 22-107

trinervula 22-106

SOLANACEAE 14-61, 67

Sorbaria

sorbifolia 4-10, *4-1*

——var. stellipila 4-10

stellipila 4-10

Sorbus

alnifolia 6-27

amurensis 6-15, 24, *6-2*

amurensis 6-25

aucuparia

——var. *japonica* 6-25

commixta 6-25, *6-3*

——var. pilosa 6-25

japonica 6-25

miyabei 6-27

pohuashanensis 6-24

toringo 6-38

Sphaerostemma

japonica 20-104

japonicum 20-104

Spiraea

amurensis 4-31

chamaedrifolia 4-22, 23

——var. *ulmifolia* 4-22

confusa 4-23

frischiana

——var. *angulata* 4-18

fritschiana 4-17

japonica 7-47

koreana 4-18, *4-6*

media 4-23, *4-9*

——var. oblongifolia 4-23

microgyna 4-17, *4-4*

oblongifolia 4-23

prunifolia

——var. simpliciflora 4-20, *4-7*

——var. *typica* 4-20

pubescens 4-24, *4-10*

salicifolia 4-15, *4-3*

——var. lanceolata 4-15

silvestris 4-18, *4-5*

trichocarpa 4-25, *4-12*

triloba 4-24

trilobata 4-24, *4-11*

ulmifolia 4-22, *4-8*

SPIRAEACEAE 4-3, 7

sponia

nudiflora 19-48

Stauntonia

hexaphylla 21-42, 174, *21-2*

Stellera

japonica 17-45

Stephanandra

flexuosa 4-29

incisa 4-29, *4-14*

Stewartia

koreana 17-77, 103, *17-16*

monadelpha 17-77

pseudo-camellia 17-77

Streblus

cordatus 19-116

STYRACACEAE

⟶ HALESIACEAE 13-47, 50

Styrax

japonicum 13-52, *13-12*

obassia 13-53, *13-13*

serrulatus 13-53

SYMPLOCACEAE 13-34, 36

Symplocos

argutidens 13-42

caudata 13-43

crataegoides 13-39, 41, 42

——var. *palida* 13-39

japonica 13-43

pallida 13-39

paniculata 13-39

——var. *leucocarpa* 13-40

prunifolia 13-42

sinica 13-39

tanakana 13-41

Syringa

amurensis 10-45, *10-17*

——var. genuina 10-47
——f. bracteata 10-47
——var. japonica 10-47
——*var. mandshurica* 10-47
——*var. pekinensis* 10-48
amurensis 10-50
dilatata 10-50, *10-18*
fauriei 10-48
fauriei 10-53
formosissima 10-57, *10-24*
——var. hirsuta 10-58, *10-25*
hirsuta
——*var. formosissima* 10-58
japonica 10-47, 48
kamibayashii 10-54
micrantha 10-51, *10-19*
oblata 10-50
palibiniana 10-53, *10-21*
——var. kamibayashii 10-54, *10-22*
——var. lactea 10-54
robusta 10-59
——f. glabra 10-60
——f. subhirsuta 10-60
rotundifolia 10-47
velutina 10-51, *10-20*
venosa 10-55, *10-23*
——var. lactea 10-55
villosa 10-54
——*var. hirsuta* 10-59
——*var. typica* 10-60

T.

Talauma
sieboldii 20-130, 132
Taonabo
japonica 17-97
Tecoma

chinensis 14-92
grandiflora 14-92
Ternstroemia
dubia 17-97
japonica 17-88, 97
——*var. parvifolia* 17-97
meridionalis 17-97
mokof 17-94, 96, *17-22*
TERUNSTROEMIACEAE 17-67, 73
Tetradenia
foliosa 22-46
glauca 22-49
Tetranthera
japonica 22-61
Tetrapanax
ricinifolium 16-37
Textoria
morbifera 16-43, *16-12, 13*
Thea
bohea 17-80
camellia 17-84
chinensis 17-80
——*var. bohea* 17-81
japonica 17-84
——*var. spontanea* 17-84
parvifolia 17-80
sinensis
——var. bohea 17-79, 103, *17-17*
sinensis 17-80
sinensium 17-79
viridis 17-80
——*var. bohea* 17-80
THEACEAE
⟶ TERNSTROEMIACEAE 17-67, 73
Theaphyla
lanceolata 17-80

THYMELAEACEAE
   → DAPHNACEAE 17-37, 41
Thymus
  przewalskii 14-59, *14-13*
  ——var. magnus 14-60, *14-14*
  serpyllum 14-59, 60
  ——*var. ibukiensis* 14-59
  ——*var. przewalskii* 14-59
  ——*var. vulgaris* 14-59
Tilia
  amurensis 12-34, 40, *12-9*
  ——*var. acuminatissima* 12-39
  ——*var. glabrata* 12-40, 46
  ——var. grosseserrata 12-41
  ——var. oligantha 12-40
  ——f. polyantha 12-41
  amurensis 12-40
  ——*var. koreana* 12-43
  ——*var. rufa* 12-42
  argentea
  ——*var. mandshurica* 12-49
  cordata 12-40
  ——*var. mandshurica* 12-40
  glabrata 12-40
  insluaris 12-45, *12-10*
  koreana 12-43, *12-9*
  mandshurica 12-48, *12-12*
  mandshurica 12-50, 52
  maximowiczii 12-40
  megaphylla 12-50, *12-13*
  ——f. subintegra 12-50
  ovalis 12-52, *12-15*
  rufa 12-42, *12-8*
  semicostata 12-52, *12-14*
  subintegra 12-50
  taquetii 12-46, *12-11*
TILIACEAE 12-15, 34

Tobira
  kaempfer 21-90
Toisusu
  cardiophylla
  ——*var. maximowiczii* 18-78
Tomax
  japonica 22-60
Trachelospermum
  asiaticum 14-15, *14-2*
  ——var. glabrum 14-16, *14-3*
  ——var. pubescens 14-16
  crocosotomum 14-15
  divaricatum 14-15
  jasminoides 14-15
  ——*var. pubescens* 14-16
Tsia
  iaponensis 17-79
  thea 17-80

U.

ULMACEAE 19-3, 13
Ulmus
  campestris 19-25, 27, 29
  ——*var. japonica* 19-29
  ——*var. laevis* 19-28
  ——*var. major* 19-28
  ——*var. pumila* 19-25
  ——*var. suberosa* 19-31
  ——*var. vulgaris* 19-25, 28
  coreana 19-33, 74, *19-11*
  ——var. cycloptera 19-35
  ——var. lanceolata 19-35
  davidiana 19-27, 78, *19-8*
  ——var. japonica 19-26, 28, 76, *19-9*
  ——f. suberosa 19-31 *19-10*
  ——var. laevigata 19-32, 78
  glabra 19-28

japonica 19-29

——*var. laevigata* 19-32

keaki 19-38

laciniata 19-18, 79, *19-2, 3*

——f. holophylla 19-20

laciniata 19-20

macrocarpa 19-21, 79, *19-5*

macrophylla 19-17, *19-1*

major

——*var. heterophylla* 19-19

manshurica 19-22, 23, 24, 74, 79,
19-6, 7

montana 19-19

——*var. laciniata* 19-19

——*var. major* 19-20

parvifolia 19-34

propinqua 19-29

pumila 19-24

scabra

——*var. typica* 19-19

sieboldii

——*var. coreana* 19-34

suberosa 19-31

Urostigma

pyrifolium 19-22

Urtica

angustifolia 21-143

elongata 21-154

frutescens 21-147

japonica 21-144, 154

laetevirens 21-143

——var. robusta 21-144

nivea 21-148

sikokiana 21-144

spicata 21-154

URTICACEAE 21-129, 140

Uvaria

japonica 20-116

V.

Vaccinium

bracteatum 8-60, *8-22*

buergeri 8-65, *8-26*

chinense 8-60

cninensis 8-60

ciliatum 8-61, *8-23*

donianum

——*var. ellipticum* 8-60

fauriei 8-64

hirtum

——*var. smallii* 8-65

japonicum 8-52

——*var. ciliare* 8-52

——*var. lasiostemon* 8-52

oldhami 8-61

punctatum 8-63

sieboldii 8-61

taquetii 8-60

uliginosum 8-64, *8-25*

vitis-idaea 8-62, *8-24*

Vanieria

tricuspidata 19-119

VERBENACEAE

——→ PYRENACEAE 14-25, 31

Viburnum

arcuatum 11-33

awabucki 11-37, *11-8*

bitchuense 11-35

brejanum 11-33

burejaeticum 11-33, *11-6*

carlesii 11-35, *11-7*

——var. bitchuense 11-35, *11-7*

carlesii 11-36

davuricum 11-33, 35

dilatatum 11-40, *11-10*

——*var. radiata* 11-39
erosum 11-43, *11-12*
——*var. furcipila* 11-44
——var. punctata 11-44
——*var. taquetii* 11-44
erosum 11-41
furcatum 11-39, *11-9*
japonicum 11-37
koreanum 11-45, *11-13*
lantanoides 11-39
odoratissimum 11-37
——*var. awabuckii* 11-37
opulus 11-47, 48
——*var. sargentii* 11-47, 48
——*f. sterile* 11-48
pauciflorum 11-45
plicatum 11-39
pubinerve 11-47
——f. calvescens 11-48
——f. hydrangeoides 11-48
——f. intermedium 11-47, *11-14*
——f. lutescens 11-48, *11-15*
——f. puberulum 11-48
sargentii 11-47, 48
——*f. calvescens* 11-48
——*f. glabra* 11-48
——*f. puberula* 11-48
serratum 15-71
sieboldi 11-41
wrightii 11-42, *11-11*
——var. stipellatum 11-43, *11-11*
VITACEAE
——→ SARMENTACEAE 12-1, 8
Vitex
. chinensis 14-43, *14-12*
incisa 14-43, 44
negundo 14-44

——*var. incisa* 14-44
ovata 14-42
repens 14-42
rotundifolia 14-42, *14-11*
trifolia 14-42
——*var. obovata* 14-42
——*var. unifoliolata* 14-42
Vitis
amurensis 12-23, *12-6*
——var. coignetii 12-24
——var. glabrescens 12-24
coignetii 12-24
——*var. glabrescens* 12-24
ficifolia
——var. glabrata 12-22
——var. thunbergii 12-19, *12-5*
flexuosa 12-20, *12-4*
heterophylla 12-17
——var. humulifolia 12-18
——*var. maximowiczii* 12-16
inconstans 12-13
indica 12-20
labrusca 12-25
——*var. ficifolia* 12-22
——*var. grandifolia* 12-25
——*var. sinuata* 12-22
——*var. thunbergii* 12-22
——*var. typica* 12-22, 25
pentaphylla 12-16
——*var. pinnatifida* 12-16
serianaefolia 12-16
shiragai 12-24
taquetii 12-15
thunbevgii 12-21, 24
——*var. glabrata* 12-22
——*var. partita* 12-22
vinifera

——*var. amurensis* 12-23, 24

vulpina

——*var. amurensis* 12-23

Vitis-Idaea

punctata 8-63

W.

Weigela

isoline 11-90

Wickstroemia

japonica 17-45

Wikstroemia

japonica 17-45

trichotoma 17-45

X.

Xylosma

apactis 17-59, 102, *17-14*

congestum 17-60

japonica 17-60

racemosa 17-60

Xylosteum

gibbiferum 11-65

——*var. subtomentosum* 11-67

gibbiflorum 11-65

maackii 11-63

Y.

Yadakeya

japonica 20-21

owatarii 20-19

Yulania

japonica 20-132

kobus 20-130

Z.

Zelkova

acuminata 19-38

davidii 19-43

keaki 19-39

serrata 19-38, 75, *19-12*

——var. longifolia 19-41, *19-13*

stipulacea 19-39

Zizyphus

sativa 9-17, *9-2*

——var. inermis 9-17, *9-3*

——var. spinosa 9-17

vulgaris 9-17

——*var. inermis* 9-17

あ

あいずしもつけ　4-21　；　*4-8*
あおい科　21-95
あおがし　22-34　；　*22-3*
あおがしわ　3-33
あおき　16-64　；　*16-17*
あおき属　16-63
あおたご　10-27　；　*10-6, 7*
あおならがしわ　3-28
あかがし　3-35　；　*3-22*
あかしで　2-23　；　*2-12*
あかじくならがしは　3-28
あかじくならがしわ　3-28
あかそ　21-151
あかつきひがん　5-32
あかばぐみ　17-16　；　*17-7*
あかね科　14-93, 99
あかみのからこぎかえで　1-10
あかみのからこぎかへで　1-10
あかみのくまこけもも　8-50　；　*8-19*
あかめやなぎ　18-81　；　*18-8, 9*
あきぐみ　17-11　；　*17-1*
あくしば　8-52　；　*8-20*
あくしば属　8-51
あけび　21-39　；　*21-3*
あけび科　21-37, 33
あけび属　21-38
あけぼのざくら　5-29　；　*5-15*
あさだ　2-15　；　*2-6*
あさだ属　2-15
あじさい属　15-68
あずきなし　6-26, 27
あずきなし属　6-26
あぢさい属　15-68
あつに　19-18　；　*19-2, 3*
あつばかまつか　6-29　；　*6-7*
あつばひさかき　17-90

あづきなし　6-26, 27　；　*6-4*
あづきなし属　6-26
あはぶき　11-36　；　*11-8*
あひづしもつけ　4-21　；　*4-8*
あふひ科　21-95
あべまき　3-24　；　*3-10*
アムールしなのき　12-34, 40　；　*12-7*
あらかし　3-37　；　*3-24*
あらげうぐいすかぐら　11-76；*11-30*
あらげうぐひすかぐら　11-76；*11-30*
ありどうし　14-105　；　*14-22*
ありどうし属　14-105
あわぶき　11-36　；　*11-8*
あをがし　22-34　；　*22-3*
あをがしは　3-33
あをき　16-64　；　*16-17*
あをき属　16-63
あをたご　10-27　；　*10-6, 7*
あをならがしは　3-28
あんず　5-42

い

いいぎり　17-61　；　*17-15*
いいぎり科　17-53, 56
いいぎり属　17-61
いそつつじ　8-23
いそつつじ属　8-21
いそのき　9-34　；　*9-14*
いそのき属　9-33
いたびかずら　19-112　；　*19-41*
いたびかづら　19-112　；　*19-41*
いたやかえで　1-19　；　*1-12(1〜4)*
いたやかへで　1-19　；　*1-12(1〜4)*
いちじく属　19-120
いとまきかえで　1-20
いとまきかへで　1-20
いぬがし　22-43　；　*22-5*
いぬぐす　22-34　；　*22-4*

いぬぐす属　22-33
いぬこりやなぎ　18-115　；　*18-20*
いぬざくら　5-17　；　*5-1*
いぬしだれやなぎ　18-169　；　*18-40*
いぬしで　2-19，21　；　*2-10*
いぬちょうせんごみし　20-107
いぬてうせんごみし　20-107
いぬびは　19-121　；　*19-38*
いぬびわ　19-121　；　*19-38*
いぬぶな　3-12　；　*3-1*
いはうつぎ　15-60　；　*15-15*
いはうめ　13-5　；　*13-1*
いはうめ属　13-5
いはがらみ　15-74　；　*15-24*
いはがらみ属　15-74
いはくろうめもどき　9-30　；　*9-11*
いはじゃかうさう　14-58　；　*14-14*
いはよもぎ　14-142　；　*14-27*
いはれんぎょう　10-23
いぶきじやかうさう属　14-57
いぶきじやこうそう属　14-57
いぼたのき　10-39
いぼたのき属　10-31
いらくさ科　21-127，137
いわうつぎ　15-60　；　*15-15*
いわうめ　13-5　；　*13-1*
いわうめ科　13-1，4
いわうめ属　13-5
いわがらみ　15-74　；　*15-24*
いわがらみ属　15-74
いわくろうめもどき　9-30　；　*9-11*
いわじゃこうそう　14-58　；　*14-14*
いわよもぎ　14-142　；　*14-27*
いわれんぎょう　10-23

う

うこぎ科　16-1，16
うこぎ属　16-20

うしころし　6-29　；　6-6
うすげいちご　7-56　；　*7-20*
うすげえびづる　12-21
うすげおがらばな　1-8
うすげかまつか　6-29
うすげしもつけ　4-23　；　*4-10*
うすげたちはしどい　10-59
うすげたちはしどひ　10-59
うすげななかまど　6-25
うすげはしどい　10-51，52　；　*10-20*
うすげはしどひ　10-51，52　；　*10-20*
うすげやまかうばし　22-67
うすげやまこうばし　22-67
うすげをがらばな　1-8
うすのき　8-64　；　*8-26*
うすばさんざし　6-63　；　*6-29*
うすばばいかうつぎ　15-54
うすばばいくゎうつぎ　15-54
うちはのき　10-60　；　*10-26*
うちはのき属　10-60
うちわのき　10-60　；　*10-26*
うちわのき属　10-60
うつぎ属　15-57
うまのすずくさ科　21-1，14
うまのすずくさ属　21-15
うめ　5-41　；　*5-24*
うらじろいちご　7-72　；　*7-28*
うらじろいはよもぎ　14-143
うらじろいわよもぎ　14-143
うらじろかし　3-36　；　*3-23*
うらじろなつはぜ　8-61
うらじろひめいはよもぎ　14-141　；
　14-25
うらじろひめいわよもぎ　14-141　；
　14-25
うらじろひようたんぼく　11-82　；
　11-35

うらじろへうたんぼく　11-82　;
　11-35

うらぼしざくら　5-18　;　*5-2*

うりのき　17-28　;　*17-8*

うりのき科　17-23, 27

うりのき属　17-28

え

えいしうかづら　14-5　;　*14-1*

えいしゅうかずら　14-5　;　*14-1*

えごのき　13-51　;　*13-12*

えごのき科　13-45, 49

えごのき属　13-50

えぞうこぎ　16-28　;　*16-6*

えぞうこぎ属　16-27

えぞえのき　19-57　;　*19-18*

えぞすずだけ　20-27　;　*20-5*

えぞにはとこ　11-26　;　*11-4*

えぞにわとこ　11-26　;　*11-4*

えぞのうはみづざくら　5-19　;　*5-3*

えぞのうわみずざくら　5-19　;　*5-3*

えぞのこりんご　6-39　;　*6-12*

えぞのだけかんば　2-32　;　*2-17*

えぞのつがざくら　8-26　;　*8-5*

えぞむらさきつつじ　8-35　;　*8-9*

えぞやなぎ　18-96, 100　;　*18-12*

えぞやまならし　18-192　;　*18-46*

えどひがん　5-32　;　*5-17*

えのき　19-66　;　*19-24*

えのき属　19-49

えのきうつぎ　12-55　;　*12-16*

えのきうつぎ属　12-54

えびがらいちご　7-72　;　*7-28*

お

おおあずきなし　6-27

おおいそつつじ　8-22　;　*8-2*

おおいぬしで　2-19　;　*2-8*

おおえぞうこぎ　16-28　;　*16-7*

おおかめのき　11-38　;　*11-9*

おおさんざし　6-59　;　*6-26*

おおだるまぎく　14-146　;　*14-28, 29*

おおちょうじがまずみ　11-34　;　*11-7*

おおつのはしばみ　2-12　;　*2-3*

おおなわしろぐみ　17-15　;　*17-5*

おおのいばら　*7-3*

おおばあずきなし　6-27　;　*6-5*

おおばいくゎうつぎ　15-53

おおばいぼた　10-36　;　*10-12*

おおばうまのすずくさ属　21-15

おおばえのき　19-66　;　*19-25*

おおばぐみ　17-15　;　*17-4*

おおばこなら　3-29　;　*3-15*

おおばさんざし　6-61, 62　;　*6-28*

おおばしらかんば　2-29

おおばちしゃ　13-53　;　*13-13*

おおばつるぐみ　17-15　;　*17-6*

おおばにれ　19-17　;　*19-1*

おおばめぎ　21-63　;　*21-5*

おおべにうつぎ　11-88　;　*11-39*

おおぼだいじゅ　12-49　;　*12-13*

おおまんりょう　13-18　;　*13-5*

おおみねけやなぎ　18-141　;　*18-28*

おおみねやなぎ　18-141　;　*18-28*

おおみやまばら　7-38　;　*7-10(1)(2)*

おおむらさきしきぶ　14-35　;　*14-8*

おおもみじすぐり　15-43　;　*15-8*

おおやまざくら　5-25　;　*5-7*

おおやまれんげ　20-122　;　*20-23*

おがらばな　1-7　;　*1-1*

おきのはうちわ　1-15　;　*1-7*

おくのはうちわ　1-16　;　*1-9*

おくやまいちご　7-77

おくやまうつぎ　11-87

おくやまはんのき　2-38

おながぐわ　19-102　;　*19-32*

おながし　13-53　；　*13-13*
おにいたや　1-20　；　*1-12(5)*
おにぐは　19-106　；　*19-33*
おにぐわ　19-106　；　*19-33*
おにせん　16-35
おにひょうたんぼく　11-79　；　*11-33*
おにめぐすり　1-18　；　*1-11*
おのおれ　2-36　；　*2-20*
おひょうえのき　19-70　；　*19-26*
おひょうにれ　19-18　；　*19-2, 3*
おひょうもも　5-34　；　*5-18*
おほあづきなし　6-27
おほいそつつじ　8-22　；　*8-2*
おほいぬしで　2-19　；　*2-8*
おほえぞうこぎ　16-28　；　*16-7*
おほかめのき　11-38　；　*11-9*
おほさんざし　6-59　；　*6-26*
おほだるまぎく　14-146　；　*14-28, 29*
おほちゃうじがまずみ　11-34　；　*11-7*
おほつのはしばみ　2-12　；　*2-3*
おほなはしろぐみ　17-15　；　*17-5*
おほのいばら　7-3
おほばあづきなし　6-27　；　*6-5*
おほばいくゎうつぎ　15-53
おほばいぼた　10-36　；　*10-12*
おほばうまのすずくさ属　21-15
おほばえのき　19-66　；　*19-25*
おほばぐみ　17-15　；　*17-4*
おほばこなら　3-29　；　*3-15*
おほばさんざし　6-61, 62　；　*6-28*
おほばしらかんば　2-29
おほばちしゃ　13-53　；　*13-13*
おほばつるぐみ　17-15　；　*17-6*
おほばにれ　19-17　；　*19-1*
おほばめぎ　21-63　；　*21-5*
おほべにうつぎ　11-88　；　*11-39*
おほぼだいじゅ　12-49　；　*12-13*

おほまんりゃう　13-18　；　*13-5*
おほみねけやなぎ　18-141　；　*18-28*
おほみねやなぎ　18-141　；　*18-28*
おほみやまばら　7-38　；　*7-10(1)(2)*
おほむらさきしきぶ　14-35　；　*14-8*
おほもみぢぐり　12-43　；　*15-8*
おほやまざくら　5-25　；　*5-7*
おほやまれんげ　20-222　；　*20-23*

か

かいなんうつぎ　15-64　；　*15-18*
かうかいやなぎ　18-103　；　*18-14*
かうぞ　19-114　；　*19-35, 36*
かうらいうつぎ　11-90　；　*11-41*
かうらいきぬやなぎ　18-178　；　*18-44*
かうらいざさ　20-38　；　*20-8, 9*
かうらいしだれやなぎ　18-168　；　*18-39*
かうらいしゃらのき　17-75　；　*17-16*
かうらいにはとこ　11-26　；　*11-3*
かうらいばっこやなぎ　18-128　；　*18-26*
かうらいへうたんぼく　11-78　；　*11-32*
かうらいぼだいじゅ　12-52　；　*12-15*
かうらいやなぎ　18-167, 172　；　*18-38*
かえで科　1-1, 3
かえで属　1-4
かがみぐさ　12-15　；　*12-2*
かき属　13-26
かきのき　13-28　；　*13-7*
かきのき科　13-21, 20
かくれみの属　16-41
かごのき　22-52　；　*22-7*
かごのき属　22-52
かし属　3-20
かしは　3-33　；　*3-20*

かしはなら 3-28 ； *3-14*
かしはもどき 3-32 ； *3-19*
かしわ 3-33 ； *3-20*
かしわなら 3-28 ； *3-14*
かしわもどき 3-32 ； *3-19*
かじのき 19-109 ； *19-34*
かじのき属 19-108
かすみざくら 5-58 ； *5-14*
かたみやまぼうし 16-71
かぢのき 19-109 ； *19-34*
かぢのき属 19-108
かなくぎのき 22-65 ； *22-11*
かはたけ 20-34 ； *20-6*
かはやなぎ 18-114 ； *18-19*
かばのき科 2-4, 8
かまつかぐみ 6-29 ； *6-6*
かまつか属 6-28
からあきぐみ 17-11
からげんかいつつじ 8-36, 37 ； *8-10*
からこぎかえで 1-9 ； *1-2*
からこぎかへで 1-9 ； *1-2*
からこりやなぎ 18-115 ； *18-20, 22*
からこりんご 6-39
からすがまずみ 11-32 ； *11-6*
からつくばねうつぎ 11-53 ； *11-18*
からふとくろやなぎ 18-63 ； *18-3, 4, 5*
からふとなにはづ 17-47 ； *17-13*
からふとなにわず 17-47 ； *17-13*
からむし 21-146
からむし属 21-140
かりん 6-46 ； *6-16*
かりん属 6-46
かわたけ 20-34 ； *20-6*
かわやなぎ 18-114 ； *18-19*
かんば属 2-25

かんぼく 11-46 ； *11-14*
かんぼくあぢさい 11-46 ； *11-15*
がまずみ 11-40 ； *11-10*
がまずみ属 11-29
がんかうらん 21-118 ； *21-10*
がんかうらん属 21-118
がんこうらん 21-118 ； *21-10*
がんこうらん科 21-113, 117
がんこうらん属 21-118
がんび属 17-43

き

きいちご属 7-49
きがんび 17-44 ； *17-10*
きく科 14-109, 138
きくばえびづる 12-21 ； *12-5*
きささぎ 14-90 ； *14-18*
きささぎ属 14-89
きささげ 14-90 ； *14-18*
きしゅうすず 20-25 ； *20-3*
きだちうまのすずくさ 21-16 ； *21-1*
きつねしなのき 12-41 ； *12-8*
きづた 16-43 ； *16-14, 15*
きづた属 16-43
きばなしゃくなげ 8-41 ； *8-13*
きばなはまなし 7-34 ； *7-6*
きみのえのき 19-71 ； *19-27*
きょうちくとう科 14-9, 13
きょさいとうひさかき 17-90
きり 14-82 ； *14-16, 17*
きり属 14-82
ぎょうじゃのみづ 12-19 ； *12-4*
ぎょうじゃのみず 12-19 ； *12-4*
きんろうばい 7-80 ； *7-35*

く

くこ 14-68 ； *14-15*
くこ属 14-67
くさいちご 7-65 ； *7-23*

くさぎ　14-39　；　*14-10*

くさぎ属　14-38

くさこあかそ　21-156

くすどいげ　17-58　；　*17-14*

くすどいげ属　17-58

くすのき　22-21　；　*22-2*

くすのき科　22-1，14

くすのき属　22-18

くぬぎ　3-23　；　*3-9*

くはがたはうちは　1-16　；　*1-8*

くは属　19-96

くはのはしなのき　12-46　；　*12-11*

くまいちご　7-58　；　*7-21*

くまこけもも属　8-50

くまつづら科　14-25，30

くまのみずき　16-87　；　*16-28，29*

くまのみづき　16-87　；　*16-28，29*

くもまつつじ　8-40　；　*8-12*

くり属　3-13

くるみ科　20-71，78

くるみ属　20-87

くろいげ　9-36　；　*9-15*

くろいげ属　9-35

くろうめもどき科　9-1，10

くろうめどき属　9-21

くろすぐり　15-41　；　*15-6*

くろちく　20-47

くろつばら　9-32　；　*9-13*

くろばい　13-43　；　*13-11*

くろばひ　13-43　；　*13-11*

くろふねつつじ　8-45　；　*8-15*

くろまめのき　8-63　；　*8-25*

くろみえのき　19-60　；　*19-20*

くろみのうぐいすかぐら　11-69

くろみのうぐひすかぐら　11-69

くろみのさはふたぎ　13-40　；　*13-9*

くろみのさわふたぎ　13-40　；　*13-9*

くろみのはりすぐり　15-46　；　*15-10*

くろもじ属　22-63

くわ科　19-81，93

くわがたうちわ　1-16　；　*1-8*

くわ属　19-96

くわのはしなのき　12-46　；　*12-11*

ぐみ科　17-1，7

ぐみ属　17-8

ぐみひょうたんぼく　11-75　；　*11-29*

ぐみへうたんぼく　11-75　；　*11-29*

ぐみもどき　5-45　；　*5-27*

ぐみもどき属　5-45

け

けあかめやなぎ　18-82

けいじゃううはみづざくら　5-20　；　*5-4*

けいじょううこぎ　16-23　；　*16-4*

けいじょううわみずざくら　5-20　；　*5-4*

けいぼたのき　10-39　；　*10-16*

けかまつか　6-30

けかんぼく　11-46　；　*11-14*

けくろいげ　9-36　；　*9-15*

けくろもじ　22-65　；　*22-12*

けぐは　19-100　；　*19-28*

けぐわ　19-100　；　*19-28*

けしょうやなぎ　18-62　；　*18-3，4，5*

けしょうやなぎ属　18-62

けせんのき　16-35

けだんかうばい　22-64

けだんこうばい　22-64

けちょうせんやまならし　18-194

けてうせんやまならし　18-194

けどろのき　18-201

けながばやぶまお　21-158

けながばやぶまを　21-158

けなしかんぼく　11-46
けなしたんなやぶまお　21-166
けなしたんなやぶまを　21-166
けのぐるみ　20-81
けはなはしどい　10-56　；　*10-25*
けはなはしどひ　10-56　；　*10-25*
けはりぎり　16-35
けはんのき　2-39
けやき　19-36　；　*19-12*
けやきざくら　5-28　；　*5-11*
けやき属　19-35
けやまはんのき　2-41
けよのみ　11-68　；　*11-25*
けんぼなし　9-18　；　*9-4*
けんぼなし属　9-18
げんかいつつじ　8-35, 37　；　*8-11*
げんじうつぎ　11-89
げんべいうつぎ　11-88

こ

こあかそ　21-153　；　*21-11*
こうかいやなぎ　18-103　；　*18-14*
こうぞ　19-114　；　*19-35, 36*
こうらいうつぎ　11-90　；　*11-41*
こうらいきぬやなぎ　18-178　；　*18-44*
こうらいいざさ　20-38　；　*20-8, 9*
こうらいしだれやなぎ　18-168　；　*18-39*
こうらいしゃらのき　17-75　；　*17-16*
こうらいすず　20-26　；　*20-4*
こうらいにわとこ　11-26　；　*11-3*
こうらいばっこやなぎ　18-128　；　*18-26*
こうらいひょうたんぼく　11-78　；　*11-32*
こうらいぼだいじゅ　12-52　；　*12-15*
こうらいやなぎ　18-167, 172　；　*18-38*

こえぞやなぎ　18-97　；　*18-13*
こおのおれ　2-30　；　*2-15*
こがくうつぎ　11-89　；　*11-40*
こけもも　8-62　；　*8-24*
こごめうつぎ　4-28　；　*4-14*
こごめうつぎ属　4-28
こごめしもつけ　4-17　；　*4-4*
こしきぶ　14-33　；　*14-5*
こしで　2-24　；　*2-13*
こしょう科　18-1, 5
こしょう属　18-5
こしょうのき　17-46　；　*17-11*
こじきいちご　7-63　；　*7-22*
こせうのき　17-46　；　*17-11*
こつのはしばみ　2-14　；　*2-5*
こなら　3-27　；　*3-13*
こならもどき　3-31　；　*3-18*
こにんじんぼく　14-43　；　*14-12*
こばのいぼたのき　*10-15*
こばのえぞえのき　19-54　；　*19-17*
こばのがまずみ　11-43　；　*11-12*
こばのきぬやなぎ　18-178　；　*18-43*
こばのさるとりいばら　22-97　；　*22-18*
こばのちょうせんえのき　19-63　；　*19-23*
こばのてうせんえのき　19-63　；　*19-23*
こばのとねりこ　10-27　；　*10-6, 7*
こばのみやまばら　7-42
こばのむらさきしきぶ　14-34　；　*14-7*
こばのやぶむらさき　14-37
こぶし　20-123　；　*20-24*
こぶれれ　19-27　；　*19-10*
こほざきやぶさんざし　15-37　；　*15-4*
こむらさき　14-33　；　*14-5*

こやまぼうし　16-71　；　*16-22*
こりやなぎ　18-116　；　*18-21, 22*
こりんやまぼうし　16-71　；　*16-21*
こをのをれ　2-30　；　*2-15*
ごぜんたちばな　16-67　；　*16-18*
ごぜんたちばな属　16-67
ごとうづる　15-73　；　*15-23*
ごまだけ　20-48　；　*20-13*
ごまのはぐさ科　14-71, 80
ごれつだんかうばい　22-64
ごれつだんこうばい　22-64

さ

さいかいやぶまお　21-164
さいかいやぶまを　21-164
さいしうあかそ　21-160
さいしういぬしで　1-22　；　*2-11*
さいしうくろつばら　9-25　；　*9-7*
さいしうながばやぶまを　21-159
さいしうばら　7-39　；　*7-11*
さいしうばらいちご　7-67　；　*7-25*
さいしうめぎ　21-63
さいしうやまいちご　7-66　；　*7-24*
さいしゅうあかそ　21-160
さいしゅういぬしで　1-22　；　*2-11*
さいしゅうくろつばら　9-25　；　*9-7*
さいしゅうながばやぶまお　21-159
さいしゅうばら　7-39　；　*7-11*
さいしゅうばらいちご　7-67　；　*7-25*
さいしゅうめぎ　21-63
さいしゅうやまいちご　7-66　；　*7-24*
さいとうかんば　2-33　；　*2-18*
さかいつつじ　8-31　；　*8-6*
さかき　17-85　；　*17-19*
さかき属　17-85
さくら科　5-3, 13
さくら属　5-14
ささ属　20-36

さなぎいちご　7-69　；　*7-27*
さねかずら　20-114　；　*20-21*
さねかずら属　20-114
さねかづら　20-114　；　*20-21*
さねかづら属　20-114
さねぶとなつめ　9-16　；　*9-2*
さはしば　2-18　；　*2-7*
さはふたぎ　13-38　；　*13-8*
さはふたぎ属　13-37
さびしなのき　12-41　；　*12-8*
さるとりいばら　22-97　；　*22-17*
さるとりいばら科　22-89, 95
さるとりいばら属　22-95
さるまめ　22-96　；　*22-16*
さわしば　2-18　；　*2-7*
さわふたぎ　13-38　；　*13-8*
さわふたぎ属　13-37
さんかくづる　12-19　；　*12-4*
さんごじゅぼく　11-36　；　*11-8*
さんざし属　6-57
さんしきうつぎ　11-89
さんしゅ　16-75　；　*16-23*
さんしゆ属　16-75
ざいふりぼく　16-21　；　*6-1*
ざいふりぼく属　6-20
ざりこみ　15-38　；　*15-5*

し

しい属　3-17
しきみ　20-118　；　*20-22*
しきみ属　20-117
しそ科　14-45, 56
しで属　2-17
しなかんば　2-37　；　*2-21*
しなぐり　3-13, 47　；　*3-2, 3, 7*
しなのがき　13-27　；　*13-6*
しなのき科　12-27, 35
しなのき属　12-37

しなやぶさんざし 15-31 ； *15-1*
しひ属 3-17
シベリアこりんご 6-39 ； *6-11*
シベリアはんのき 2-41 ； *2-24*
しまたにわたりのき 14-101 ； *14-20*
しもくれん 20-123 ； *20-25*
しもつけ科 4-4, 7
しもつけ属 4-13
しゃしゃんぼ 8-59 ； *8-22*
しゃらのき属 17-75
しゃりんとう属 6-57
しゃりんばい属 6-31
しらかし 3-38 ； *3-25*
しらげあずきなし 6-27
しらげあづきなし 6-27
しらげななかまど 6-24
しらげばいかうつぎ 15-56 ； *15-13*
しらげばいくゎうつぎ 15-56 ； *15-13*
しらたまみずき 16-80 ； *16-24*
しらたまみづき 16-80 ； *16-24*
しろだも 22-44 ； *22-6*
しろだも属 22-42
しろばなげんかいつつじ 8-37
しろばなこめつつじ 8-47 ； *8-17*
しろばなしゃくなげ 8-43 ； *8-14*
しろばなたけしまはしどい 10-55
しろばなたけしまはしどひ 10-55
しろばなちょうせんはしどい 10-53
しろばなてうせんはしどひ 10-53
しろひめいはよもぎ 14-141 ； *14-26*
しろひめいわよもぎ 14-141 ； *14-26*
しろみいちご 7-64 ； *7-22*
しろみのさはふたぎ 13-38
しろみのさわふたぎ 13-38
しろやまぶき 7-44 ； *7-15*
しろやまぶき属 7-44

じだけ 20-27 ； *20-5*
じゅずねのき 14-106 ； *14-23*
じんちょうげ科 17-35
じんちょうげ属 17-46

す

すいかずら 11-59 ； *11-20*
すいかずら科 11-1, 21
すぐりうつぎ 4-27 ； *4-13-1, 4-13 -2*
すぐりうつぎ属 4-26
すぐり属 15-28
すず属 20-24
すだじい 3-19 ； *3-8*
すだじひ 3-19 ； *3-8*
すもも 5-44 ； *5-26*
すゐかづら 11-59 ； *11-20*
ずみ 6-37 ； *6-10*
ずみもどき 6-39

せ

せんのき 16-35 ； *16-8, 9, 10*
せんりゃう 18-16 ； *18-2*
せんりゃう属 18-16
せんりょう 18-16 ； *18-2*
せんりょう科 18-11, 15
せんりょう属 18-16

そ

そめいよしの 5-26 ； *5-8*
そめしば 13-43 ； *13-11*
そめゐよしの 5-26 ； *5-8*

た

たいこじい 3-18 ； *3-8*
たいこじひ 3-18 ； *3-8*
たいりくきぬやなぎ 18-177 ； *18-41*
たういいぎり 17-62
たういぬしで 2-19, 20 ； *2-9*
たううつぎ 15-66 ； *15-20*
たううりのき 17-29

たうかんば 2-37 ； *2-21*
たうさんしょうばら 7-41 ； *7-12*
たうななかまど 6-15, 23 ； *6-2*
たうにれ 19-26 ； *19-8*
たうねずみもち 10-33 ； *10-9*
たうめぎ 21-62 ； *21-4*
たかねきぬよもぎ 14-140 ； *14-24*
たかねやなぎ 18-145 ； *18-29*
たけ科 20-3, 11
たけしまいぼた 10-35 ； *10-11*
たけしまきんぎんぼく 11-65 ； *11-23*
たけしまくまいちご 7-60
たけしましなのき 12-44, 45 ； *12-10*
たけしまつくばねうつぎ 11-54 ； *11-19*
たけしまはしどい 10-54 ； *10-23*
たけしまはしどひ 10-54 ； *10-23*
たけしまぶどう 12-23
たけしまやなぎ 18-126 ； *18-24*
たちがしは 3-34 ； *3-21*
たちがしわ 3-34 ； *3-21*
たちはしどい 10-59
たちはしどひ 10-59
たちやなぎ 18-91 ； *18-11*
たなばたいはよもぎ 14-143
たなばたいわよもぎ 14-143
たにうつぎ属 11-86
たにがはやなぎ 18-105 ； *18-17*
たにがわやなぎ 18-105 ； *18-17*
たにわたりのき属 14-100
たぶのき 22-34 ； *22-4*
たまつばき 10-34 ； *10-10*
たまひょうたんぼく 11-72 ； *11-27*
たまへうたんぼく 11-72 ； *11-27*
たらのき 16-47 ； *16-16*

たらのき属 16-46
たんないぼたのき 10-39 ； *10-14*
たんなうこぎ 16-21 ； *16-1*
たんなさはふたぎ 13-41 ； *13-10*
たんなさわふたぎ 13-41 ； *13-10*
たんなざさ 20-37 ； *20-7*
たんなとっくりいちご 7-74 ； *7-30*
たんななはしろいちご 7-75 ； *7-32*
たんななわしろいちご 7-75 ； *7-32*
たんなにはとこ 11-25 ； *11-1*
たんなにわとこ 11-25 ； *11-1*
たんなばらいちご 7-68 ； *7-26*
たんなみねやなぎ 18-105 ； *18-18*
たんなやなぎ 18-127 ； *18-25*
たんなやぶまお 21-165
たんなやぶまを 21-165
たんなやまあじさい 15-71
たんなやまあぢさい 15-71
たんなやまざくら 5-27 ； *5-9*
だんかうばい 22-63 ； *22-9, 10*
だんこうばい 22-63 ； *22-9, 10*

ち

ちいさんうこぎ 16-23 ； *16-3*
ちいさんいはうつぎ 15-63 ； *15-17*
ちいさんひょうたんぼく 11-80 ； *11-33*
ちいさんへうたんぼく 11-80 ； *11-33*
ちしまいそつつじ 8-22 ； *8-1*
ちしまいちご 7-59 ； *7-18*
ちしまざさ 20-39 ； *20-10*
ちしゃのき 14-22 ； *14-4*
ちしゃのき属 14-22
ちゃいろうこぎ 16-23 ； *16-5*
ちゃいろみねやなぎ 18-126
ちゃうじがまずみ 11-34 ； *11-7*
ちゃうぢざくら 17-47 ； *17-12*

ちゃのき 17-78 ; *17-17*

ちゃのき属 17-77

ちゃぼだけかんば 2-33 ; *2-18*

ちゃぼやなぎ 18-145 ; *18-30*

ちゃぼをのをれ 2-31 ; *2-16*

ちゅうわぐり 3-14 ; *3-3*

ちょうじがまずみ 11-34 ; *11-7*

ちょうじざくら 17-47 ; *17-12*

ちょうじゅえのき 19-53 ; *19-16*

ちょうせんあきにれ 19-33 ; *19-11*

ちょうせんあさのはかえで 1-24 ; *1*
-15

ちょうせんうつぎ 15-65 ; *15-19*

ちょうせんうめうつぎ 15-62 ; *15-*
16

ちょうせんうらじろいちご 7-77 ; *7*
-33

ちょうせんうわみずざくら 5-20

ちょうせんえのき 19-62 ; *19-21*

ちょうせんおのえやなぎ 18-179 ;
18-45

ちょうせんかくれみの 16-42 ; *16-*
12, 13

ちょうせんきいちご 7-78 ; *7-34*

ちょうせんきつねやなぎ 18-125 ;
18-23

ちょうせんくろつばら 9-31 ; *9-12*

ちょうせんぐり 3-15, 40 ; *3-4, 5,*
6, 7

ちょうせんぐわ 19-106 ; *19-33*

ちょうせんこけもも 8-54 ; *8-21*

ちょうせんこでまり 4-25 ; *4-12*

ちょうせんこなら 3-31 ; *3-17*

ちょうせんごみし 20-107 ; *20-20*

ちょうせんざりこみ 15-38

ちょうせんしなのき 12-42 ; *12-9*

ちょせんしもつけ 4-18 ; *4-6*

ちょうせんていかかずら 14-14 ; *10*
-3

ちょうせんとねりこ 10-25 ; *10-4,*
5

ちょうせんにれ 19-21 ; *19-5*

ちょうせんにわうめ 5-38 ; *5-22*

ちょうせんねこやなぎ 18-104 ; *18-*
15, 16

ちょうせんはうちわ 1-13 ; *1-4, 5,*
6

ちょうせんはしどい 10-53 ; *10-21*

ちょうせんはしばみ 2-10 ; *2-1*

ちょうせんはりぶき 16-39 ; *16-11*

ちょうせんばいかうつぎ 15-55 ; *15*
-12

ちょうせんぼけ 6-44 ; *6-15*

ちょうせんみずき 16-87 ; *16-27*

ちょうせんみねかえで 1-23 ; *1-14*

ちょうせんみねばり 2-34 ; *2-19*

ちょうせんみねやなぎ 18-126

ちょうせんみやまがまずみ 11-42 ;
11-11

ちょうせんめぎ 21-63 ; *21-7*

ちょうせんもみじすぐり 15-43

ちょうせんやまいばら 7-43

ちょうせんやまざくら 5-29 ; *5-16*

ちょうせんやまつつじ 8-48 ; *8-18*

ちょうせんやまなし 6-51 ; *6-19*

ちょうせんやまならし 18-193 ; *18-*
47, 48

ちょうせんやまぶどう 12-23 ; *12-6*

ちょうせんやまもみじ 1-11 ; *1-3*

ちょうせんりんご 6-42 ; *6-14*

ちょうせんれんぎょう 10-20 ; *10-2*

ちょうのすけさう 7-48 ; *7-17*

ちょうのすけさう属 7-47

ちょうのすけそう 7-48 ; *7-17*

ちょうのすけそう属　7-47
ちりめんどろ　18-200　；　*18-49*
ちんとうばいかうつぎ　15-51　；　*15-11*
ちんとうばいくゎうつぎ　15-51　；　*15-11*
ぢだけ　20-27　；　*20-5*
ちんちょうげ属　17-46

つ

つがざくら属　8-25
つくばねうつぎ属　11-51
つしまひょうたんぼく　11-76　；　*11-31*
つしまへうたんぼく　11-76　；　*11-31*
つた　12-12　；　*12-1*
つた属　12-11
つつじ科　8-1, 18
つつじ属　8-27
つのはしばみ　2-13　；　*2-4*
つばき　17-81　；　*17-18*
つばき科　17-65, 72
つばき属　17-81
つぶらじい　3-18　；　*3-8*
つぶらじひ　3-18　；　*3-8*
つぼはしばみ　2-12　；　*2-2*
つるあじさい　15-72　；　*15-22*
つるあぢさい　15-72　；　*15-22*
つるかうじ　13-17　；　*13-3*
つるぐみ　17-14
つるこうじ　13-17　；　*13-3*
つるこけもも属　8-53
つるのいばら　7-28　；　*7-1, 3*
つるやぶかうじ　13-17　；　*13-3*
つるやぶこうじ　13-17　；　*13-3*
づくのき　12-62　；　*12-17*

て

ていかかずら　14-14　；　*14-2*

ていかかずら属　14-13
ていかかづら　14-14　；　*14-2*
ていかかづら属　14-13
てうせんあきにれ　19-33　；　*19-11*
てうせんうつぎ　15-65　；　*15-19*
てうせんうはみづざくら　5-20
てうせんうめうつぎ　15-62　；　*15-16*
てうせんうらじろいちご　7-77　；　*7-33*
てうせんえのき　19-62　；　*19-21*
てうせんかくれみの　16-42　；　*16-12, 13*
てうせんきいちご　7-78　；　*7-34*
てうせんきつねやなぎ　18-125　；　*18-23*
てうせんくろつばら　9-31　；　*9-12*
てうせんぐは　19-106　；　*19-33*
てうせんぐり　3-15, 40　；　*3-4, 5, 6, 7*
てうせんこけもも　8-54　；　*8-21*
てうせんこでまり　4-25　；　*4-12*
てうせんこなら　3-31　；　*3-17*
てうせんごみし　20-107　；　*20-20*
てうせんざりこみ　15-38
てうせんしなのき　12-42　；　*12-9*
てうせんしもつけ　4-18　；　*4-6*
てうせんていかかづら　14-14　；　*10-3*
てうせんとねりこ　10-25　；　*10-4, 5*
てうせんにはうめ　5-38　；　*5-22*
てうせんにれ　19-21　；　*19-5*
てうせんねこやなぎ　18-104　；　*18-15, 16*
てうせんはしどひ　10-53　；　*10-21*
てうせんはしばみ　2-10　；　*2-1*
てうせんはりぶき　16-39　；　*16-11*
てうせんばいくゎうつぎ　15-55　；　*15-12*
てうせんぼけ　6-44　；　*6-15*

てうせんみづき 16-87 ; *16-27*
てうせんみねやなぎ 18-126
てうせんみやまがまずみ 11-42 ; *11-11*
てうせんめぎ 21-63 ; *21-7*
てうせんもみぢすぐり 15-43
てうせんやまいばら 7-43
てうせんやまざくら 5-29 ; *5-16*
てうせんやまつつじ 8-48 ; *8-18*
てうせんやまなし 6-51 ; *6-19*
てうせんやまならし 18-193 ; *18-47, 48*
てうせんやまぶどう 12-23 ; *12-6*
てうせんりんご 6-42 ; *6-14*
てうせんれんぎょう 10-20 ; *10-2*
てうせんをのへやなぎ 18-179 ; *18-45*
てうちぐるみ 20-87
てふせんあさのはかへで 1-24 ; *1-15*
てふせんはうちは 1-13 ; *1-4, 5, 6*
てふせんみねかへで 1-23 ; *1-14*
てふせんみねばり 2-34 ; *2-19*
てふせんやまもみじ 1-11 ; *1-3*
てまりかんぼく 11-46
てまりしもつけ 4-30 ; *4-15*
てまりしもつけ属 4-29
てりはこなら 3-30 ; *3-16*
てりはどろのき 18-201 ; *18-51, 52*
てりはにれ 19-27
てりはのいばら 7-29 ; *7-2*
てりはやなぎ 18-86 ; *18-10*

と
とういいぎり 17-62
とういぬしで 1-19, 20 ; *2-9*
とううつぎ 15-66 ; *15-20*

とううりのき 17-29
とうかんば 2-37 ; *2-21*
とうさんしょばら 7-41 ; *7-12*
とうななかまど 6-13, 23 ; *6-2*
とうにれ 19-26 ; *19-8*
とうねずみもち 10-33 ; *10-9*
とうめぎ 21-62 ; *21-4*
ときはあけび 21-38 ; *21-2*
ときわあけび 21-38 ; *21-2*
とげすぐり 15-35 ; *15-2*
とげなしやまかしう 22-96
とちしば 13-43 ; *13-11*
とっくりいちご 7-73 ; *7-29*
とねりこ属 10-24
とびらのき 21-85 ; *21-8*
とびらのき科 21-81, 86
とびらのき属 21-86
とべら科 21-81
どろのき 18-200 ; *18-50*
どろのき属 18-189

な
ながえかまつか 6-30
ながさきずみ 6-41 ; *6-13*
ながばいそつつじ 8-23 ; *8-4*
ながばいぼた 10-39
ながばえぞえのき 19-58 ; *19-19*
ながばけやき 19-37 ; *19-13*
ながばしもつけ 4-22 ; *4-9*
ながばたんなやなぎ 18-128
ながばちょうせんえのき 19-60 ; *19-20*
ながばちょせんきつねやなぎ 18-126
ながばちょうせんやまならし 18-194
ながばてうせんえのき 19-60 ; *19-20*
ながばてうせんきつねやなぎ 18-126
ながばてうせんやまならし 18-194
ながばのしゃりんばい 6-32 ; *6-8*

ながばひとつばたご 10-18 ; *10-1*

ながばめぎやなぎ 18-154, 157 ; *18-34*

ながばやぶまお 21-161

ながばやぶまを 21-161

ながほうつぎ 15-59 ; *15-14*

ながみのくろつばら 9-28 ; *9-9*

ながみのちょうせんめぎ 21-64

ながみのてうせんめぎ 21-64

なし科 6-5, 17

なし属 6-47

なす科 14-61, 66

なつづた 12-12 ; *12-1*

なつめ 9-16 ; *9-3*

なつめ属 9-15

なつはぜ 8-61 ; *8-23*

なつはぜ属 8-55

ななかまど 6-24 ; *6-3*

ななかまど属 6-22

なはしろいちご 7-75 ; *7-31*

ならがしは 3-28 ; *3-14*

ならがしわ 3-28 ; *3-14*

なわしろいちご 7-75 ; *7-31*

なんてんぎり 17-61 ; *17-15*

なんばんからむし 21-148

に

においどろ 18-200 ; *18-49*

にはざくら 5-36 ; *5-20, 21*

にはとこ属 11-24

にほひどろ 18-200 ; *18-49*

にほんぐり 3-56

にれ科 19-3, 12

にれ属 19-14

にわざくら 5-36 ; *5-20*

にわとこ属 11-24

にんどう属 11-55

ぬ

ぬまきぬやなぎ 18-162 ; *18-36*

ぬまやなぎ 18-158 ; *18-35*

ね

ねこのちち 9-20 ; *9-5*

ねこのちち属 9-19

ねこやなぎ 18-103 ; *18-17*

ねずみもち 10-34 ; *10-10*

ねむろぶしだま 11-64 ; *11-22*

の

のいばら 7-31 ; *7-4, 5*

のうぜんかずら 14-91 ; *14-19*

のうぜんかずら科 14-85, 88

のうぜんかずら属 14-91

のうぜんかづら 14-91 ; *14-19*

のうぜんかづら属 14-91

のぐるみ 20-80 ; *20-16*

のぐるみ属 20-79

のにれ 19-22 ; *19-6, 7*

のぶどう 12-17 ; *12-3*

のぶどう属 12-14

のぶのき 20-80 ; *20-16*

のやなぎ 18-162 ; *18-37*

は

はいすぐり 15-42 ; *15-7*

はいのき科 13-31, 36

はいのき属 13-42

はくうんぼく 13-53 ; *13-13*

はごろもなら 3-25 ; *3-11*

はしどい 10-45

はしどい属 10-41

はしどひ 10-45

はしどひ属 10-41

はしばみ属 2-10

はだかたちはしどい 10-59

はだかたちはしどひ 10-59

はちく 20-48

はなはしどい 10-56, 57 ; *10-24*

はなはしどひ 10-56, 57 ; *10-24*
はなひょうたんぼく 11-62 ; *11-21*
はなへうたんぼく 11-62 ; *11-21*
はなやまあじさい 15-71
はなやまあぢさい 15-71
はひすぐり 15-42 ; *15-7*
はひのき属 13-42
はびろ 13-53 ; *13-13*
はまがう 14-42 ; *14-11*
はまがう属 14-40
はまぐは 19-102 ; *19-31*
はまぐわ 19-102 ; *19-31*
はまごう 14-42 ; *14-11*
はまごう属 14-40
はまなし 7-35 ; *7-7*
はまなしもどき 7-36 ; *7-8*
はまなつめ 9-14 ; *9-1*
はまなつめ属 9-13
はまひさかき 17-89 ; *17-20*
はまびは 22-53 ; *22-8*
はまびは属 22-53
はまびわ 22-53 ; *22-8*
はまびわ属 22-53
はまぼう 21-103 ; *21-9*
はまぼう属 21-102
はやざきひょうたんぼく 11-74 ; *11-28*
はやざきへうたんぼく 11-74 ; *11-28*
はりぎり 16-35 ; *16-8, 9, 10*
はりぎり属 16-35
はりぐは 19-117 ; *19-37*
はりぐは属 19-117
はりぐわ 19-117 ; *19-37*
はりぐわ属 19-117
はりげやき 19-42 ; *19-14*
はりげやき属 19-41
はりすぐり 15-45 ; *15-9*

はりぶき属 16-39
はるにれ 19-27, 28 ; *19-9*
はんのき 2-39 ; *2-23*
はんのき属 2-38
ばいかうつぎ属 15-49
ばいくわうつぎ属 15-49
ばら科 7-5, 23
ばら属 7-26
バックスしで 2-24 ; *2-13*

ひ

ひさかき 17-89 ; *17-21*
ひさかき属 17-88
ひとえのしじみばな 4-19 ; *4-7*
ひとつばたご 10-18 ; *10-1*
ひとつばたご属 10-17
ひなつくばねうつぎ 11-52 ; *11-17*
ひめいたび 19-121 ; *19-40*
ひめいたびかずら 19-121 ; *19-40*
ひめいたびかづら 19-121 ; *19-40*
ひめいぼたのき 10-39
ひめさんしょうばら 7-43 ; *7-14*
ひめはしどい 10-50 ; *10-19*
ひめはしどひ 10-50 ; *10-19*
ひめばいかうつぎ 15-52
ひめばいくわうつぎ 15-52
ひめやまざくら 5-28 ; *5-13*
ひろはあきぐみ 17-11 ; *17-2*
ひろはいはうつぎ 15-60 ; *15-15*
ひろはいわうつぎ 15-60 ; *15-15*
ひろはえぞにはとこ 11-26
ひろはえぞにわとこ 11-26
ひろはがまずみ 11-45 ; *11-13*
ひろはさんざし 6-13, 59 ; *6-27*
ひろはたちやなぎ 18-76, 79 ; *18-6, 7*
ひろはにはとこ 11-26 ; *11-2*
ひろはにわとこ 11-26 ; *11-2*

ひろははしどい 10-49 ； *10-18*
ひろははしどひ 10-49 ； *10-18*
ひろはめぎ 21-63 ； *21-6*
ひろはよのみ 11-69 ； *11-25, 26*
ひろはれんぎょう 10-22 ； *10-3*
びなんかずら 20-114 ； *20-21*
びなんかづら 20-114 ； *20-21*
びらうどいちご 7-55 ； *7-20*
びらうどやまざくら 5-28 ； *5-12*
びろうどいちご 7-55 ； *7-20*
びろうどうつぎ 11-87 ； *11-38*
びろうどうりのき 17-29
びろうどくさぎ 14-39
びろうどはしどい 10-51 ； *10-20*
びろうどはしどひ 10-51 ； *10-20*
びろうどひょうたんぼく 11-66 ； *11-24*
びろうどへうたんぼく 11-66 ； *11-24*
びろうどやいとばな 14-103 ； *14-21*
びろうどやまざくら 5-28 ； *5-12*

ふ

ふいりおおやまれんげ 20-123
ふいりおほやまれんげ 20-123
ふうとうかづら 18-6 ； *18-1*
フォーリーなし 6-56 ； *6-24*
ふじうつぎ科 14-1, 4
ふゆいちご 7-54 ； *7-19*
ぶどう科 12-1, 9
ぶどう属 12-18
ぶな科 3-4, 11
ぶな属 3-12

へ

へいじょうぐり 3-13 ； *3-2, 3*
べにばなひょうたんぼく 11-85 ； *11-37*
べにばなへうたんぼく 11-85 ； *11-37*

ほ

ほうらいかずら属 14-4
ほうらいかづら属 14-4
ほざきつつじ 8-32 ； *8-7*
ほざきのしもつけ 4-15 ； *4-3*
ほざきのななかまど 4-10 ； *4-1*
ほざきのななかまど属 4-9
ほざきやぶさんざし 15-36 ； *15-3*
ほそばいそつつじ 8-23 ； *8-3*
ほそばいぬびは 19-121 ； *19-39*
ほそばいぬびわ 19-121 ； *19-39*
ほそばうりのき 17-29 ； *17-9*
ほそばえのきうつぎ 12-56 ； *12-16*
ほそばきぬやなぎ 18-178 ； *18-42*
ほそばさんざし 6-59 ； *6-26*
ほそばざくら 5-25 ； *5-6*
ほそばちょうせんあきにれ 19-33
ほそばつつじ 8-23
ほそばつるぐみ 17-15 ； *17-3*
ほそばてうせんあきにれ 19-33
ほそばのちょうせんめぎ 21-64
ほそばのてうせんめぎ 21-64
ほそばはしどい 10-45
ほそばはしどひ 10-45
ほそばばっこやなぎ 18-128 ； *18-27*
ほそばやいとばな 14-103
ほそばやまかうばし 22-66 ； *22-13*
ほそばやまぐは 19-102 ； *19-29*
ほそばやまぐわ 19-102 ； *19-29*
ほそばやまこうばし 22-66 ； *22-13*
ほそみのしなかんば 2-37 ； *2-21*
ほやなぎ 18-146, 150 ； *18-31*
ほるとのき 12-62 ； *12-17*
ほるとのき科 12-59, 62
ほるとのき属 12-62
ほんつつじ 8-46 ； *8-16*

ぼけ属 6-43

ぼだいじゅもどき 12-50 ； *12-14*

ま

まうそうちく 20-48 ； *20-14*

まお 21-146

まだけ 20-46 ； *20-11，12*

まだけ属 20-46

まつぶさ 20-106 ； *20-19*

まつぶさ属 20-106

まめがき 13-27 ； *13-6*

まめなし 6-56 ； *6-25*

まめやなぎ 18-151 ； *18-32*

まるばえのき 19-66 ； *19-25*

まるばおひょうにれ 19-18 ； *19-4*

まるばくろうめもどき 9-26 ； *9-8*

まるばしゃりんばい 6-33 ； *6-9*

まるばだんかうばい 22-64

まるばだんこうばい 22-64

まるばちょうせんえのき 19-62 ； *19 -22*

まるばてうせんえのき 19-62 ； *19- 22*

まるばはしどい 10-53 ； *10-22*

まるばはしどひ 10-53 ； *10-22*

まるばよのみ 11-69 ； *11-26*

まるみちょうせんあきにれ 19-33

まるみてうせんあきにれ 19-33

まを 21-146

まんしうあんず 5-42 ； *5-25*

まんしううこぎ 16-22 ； *16-2*

まんしううりはだ 1-22 ； *1-13*

まんしうかへで 1-17 ； *1-10*

まんしうくろうめもどき 9-24 ； *9-6*

まんしうぐるみ 20-88 ； *20-17，18*

まんしうしらかんば 2-29 ； *2-14*

まんしうはしどひ 10-45，46 ； *10- 17(1)(2)*

まんしうはんのき 2-38 ； *2-22*

まんしうぼだいじゅ 12-48 ； *12-12*

まんしうみづなら 3-25 ； *3-12*

まんしゅうあんず 5-42 ； *5-25*

まんしゅううこぎ 16-22 ； *16-2*

まんしゅううりはだ 1-22 ； *1-13*

まんしゅうかえで 1-17 ； *1-10*

まんしゅうくろうめもどき 9-24 ； *9-6*

まんしゅうぐるみ 20-88 ； *20-17，18*

まんしゅうしらかんば 2-29 ； *2-14*

まんしゅうはしどい 10-45，46 ； *10 -17(1)(2)*

まんしゅうはんのき 2-38 ； *2-22*

まんしゅうぼだいじゆ 12-48 ； *12- 12*

まんしゅうみずなら 3-25 ； *3-12*

まんりゃう 13-18 ； *13-4*

まんりょう 13-18 ； *13-4*

み

みずき 16-84 ； *16-25，26*

みずき科 16-51，61

みずき属 16-79

みづき 16-84 ； *16-25，26*

みづき属 16-79

みどりひょうたんぼく 11-81 ； *11-34*

みどりへうたんぼく 11-81 ； *11-34*

みねじゃかうさう 14-58 ； *14-13*

みねじゃこうそう 14-58 ； *14-13*

みむらさき 14-34 ； *14-6*

みやまがまずみ 11-41 ； *11-11*

みやまざくら 5-22 ； *5-5*

みやまはんのき 2-38

みやまばら 7-42 ； *7-13*

む

むくえのき 19-45 ； *19-15*

むくえのき属 19-44

むくのき 19-45 ； *19-15*

むしかり　11-38　；　*11-9*
むべ　21-38　；　*21-2*
むべ属　21-37
むらさきえのき　19-66
むらさき科　14-17，22
むらさきしきぶ　14-34　；　*14-6*
むらさきしきぶ属　14-34
むらさきやだけ　20-18

め

めぎ科　21-51，59
めぎ属　21-61
めぎやなぎ　18-154　；　*18-33*
めだけ　20-34　；　*20-6*
めだけ属　20-33
めひょうたんぼく　11-83　；　*11-36*
めへうたんぼく　11-83　；　*11-36*
めやぶまお　21-170
めやぶまを　21-170

も

もうせんつつじ　8-33　；　*8-8*
もうそうちく　20-48　；　*20-14*
もくせい科　10-1，14
もくれん科　20-95，104
もくれん属　20-122
もっこく　17-95　；　*17-22*
もっこく属　17-94
もみじうりのき　17-29　；　*17-9*
もみぢうりのき　17-29　；　*17-9*
もも　5-35　；　*5-19*
もりしもつけ　4-17　；　*4-5*
モンゴリなら　3-25

や

やいとばな　14-103　；　*14-21*
やいとばな属　14-102
やうらくにはとこ　11-28　；　*11-5*
やえちょうせんやまつつじ　8-49
やえてうせんやまつつじ　8-49

やえはまなし　7-36
やだけ　20-17　；　*20-1, 2*
やだけ属　20-17
やちだも　10-29，30　；　*10-8*
やつであけび　21-40
やなぎいぼた　10-38　；　*10-13*
やなぎ科　18-23，59
やなぎざくら　4-12　；　*4-2*
やなぎざくら属　4-11
やなぎ属　18-68
やぶかうじ　13-16　；　*13-2*
やぶかうじ属　13-15
やぶくろうめもどき　9-24　；　*9-6*
やぶこうじ　13-16　；　*13-2*
やぶこうじ科　13-9，13
やぶこうじ属　13-15
やぶさんざし　15-31
やぶにくけい　22-20　；　*22-1*
やぶにっけい　22-20　；　*22-1*
やぶまお　21-168
やぶまを　21-168
やぶむらさき　14-36　；　*14-9*
やまあじさい　15-70　；　*15-21*
やまあぢさい　15-70　；　*15-21*
やまかうばし　22-67　；　*22-14*
やまかしう　22-96　；　*22-15*
やまくろうめどき　9-29　；　*9-10*
やまぐは　19-101　；　*19-29, 30*
やまぐわ　19-101　；　*19-29, 30*
やまこうばし　22-67　；　*22-14*
やまざくら　5-28　；　*5-10*
やましもつけ　4-24　；　*4-11*
やまなし　6-54　；　*6-23*
やまはまなし　7-37　；　*7-9*
やまはんのき　2-41　；　*2-24*
やまぶき　7-46　；　*7-16*
やまぶき属　7-46

やまぶどう　12-23
やまぼうし　16-71　;　*16-19, 20*
やまぼうし属　16-70
やまむらさき　14-34　;　*14-6*
やまもも　20-64　;　*20-15*
やまもも科　20-59, 63
やまもも属　20-64

ゆ

ゆきのした科　15-1, 25
ゆすらうめ　5-39　;　*5-23*

よ

ようらくにわとこ　11-28　;　*11-5*
よぐそみねばり　2-34
よめな属　14-144
よもぎ属　14-139

り

りんご属　6-35

りんねさう　11-49　;　*11-16*
りんねさう属　11-49
りんねそう　11-49　;　*11-16*
りんねそう属　11-49

れ

れんぎょう属　10-19

を

をがらばな　1-7　;　*1-1*
をきのはうちは　1-15　;　*1-7*
をくのはうちは　1-16　;　*1-9*
をながぐは　19-102　;　*19-32*
をながし　13-53　;　*13-13*
をにいたや　1-20　;　*1-12(5)*
をにせん　16-35
をにへうたんぼく　11-79　;　*11-33*
をのをれ　2-36　;　*2-20*

ア

アウェイナム　11-36　；　*11-8*
アグサリ　22-39　；　*22-9, 10*
アワイナム　11-36　；　*11-8*

イ

イングム　6-42　；　*6-14*
インドン　11-59　；　*11-20*
インドンチョー　11-59　；　*11-20*

ウ

ウオンタイ　20-55
ウクロムヨンチュル　21-39　；　*21-3*
ウーグンバム　3-15, 43
ウックナム　17-21
ウフルムノギュル　21-39　；　*21-3*
ウールバム　3-15, 41
ウンヒヤンナム　6-26

エ

エント　5-47　；　*(5-39)*
エントーナム　5-47　；　*(5-39)*

オ

オガビ　16-47　；　*16-16*
オーガモック　16-21, 47　；　*16-1, 16*
オガルビ　16-47　；　*16-16*
オガルビナム　16-22, 28　；　*16-2, 6, 7*
オチュク　20-46　；　*20-11, 12*
オーチューホアナム　10-20　；　*10-2*
オッバムヌラム　18-6　；　*18-1*
オツプナム　16-35　；　*16-8〜10*
オトーンナム　14-82　；　*14-16, 17*
オーミジャ　20-106, 107　；　*20-19, 20*
オムナム　16-35　；　*16-8〜10*
オーヤット　5-47, (38), (44)
オーヤルジリバム　3-43
オリナム　2-43, (39)
オールム　21-39　；　*21-3*
オルムナム　21-39　；　*21-3*

オンナム　16-23　；　*16-3*

カ

カイオトンナム　14-90　；　*(14-18)*
カイスイタンナム　4-31, *(4-10)*
カイタライ　10-20　；　*10-2*
カイツンナム　.11-26　；　*11-4*
カイビナム　14-36　；　*(14-9)*
カイホイナム　10-45　；　*10-17*
カイボートル　18-211, (96), (100)
カイモック　19-36　；　*19-12*
カサイタール　16-71
カサイチュツク　22-63　；　*22-9, 10*
カシボルックナム　17-21
カジイバクタール　2-42, (18)
カスーロック　17-89　；　*17-21*
カッサビナム　14-36　；　*(14-9)*
カツテ　20-26, 27　；　*20-4, 5*
カツンナム　3-33　；　*3-20*
カーマクルナム　11-40　；　*11-10*
カマグイチョクナム　22-53　；　*22-8*
カマグバブナム　7-37　；　*7-9*
カマグイバンナム　7-37　；　*7-9*
カマグイビオゲ　9-20　；　*9-5*
カマグィマッケ　9-20　；　*9-5*
カマグイモルグウイ　12-21　；　*12-5*
カマグェジョグナム　22-53　；　*22-8*
カマックサル　16-43　；　*16-14, 15*
カムテ　22-67　；　*22-14*
カムテタルギ　7-65　；　*7-23*
カヤンナム　2-42, (12)
カライナム　20-88　；　*20-17, 18*
カルタックニックナム　3-33　；　*3-20*
カルタムナム　3-33　；　*3-20*
カルマイナム　9-31　；　*9-12*
カルメナム　9-31　；　*9-12*
カルラルナム　3-33　；　*3-20*
カーンナム　13-28　；　*13-7*

キ

キャイクンナム 2-42, (10)
キャイコンナム 2-42, (10)
キャイサルゴ 5-47, (42)
キャイドンボック 17-89 ; *17-21*
キャイヌル 19-22 ; *19-6, 7*
キヤイモルク 12-17 ; *12-3*
キャーボディー 5-47, (18)

ク

クイチャ 14-68 ; *(14-15)*
クィルンナム 5-47, (22)
クエモル 12-17 ; *12-3*
クカシナム 19-117 ; *19-37*
ククイチャナム 14-68 ; *(14-15)*
ククスーナム 4-31, (28)
クジッポン 19-117 ; *19-37*
クッカサイ 19-117 ; *19-37*
クッチナム 19-109 ; *19-34*
クーナム 20-80 ; *20-16*
クムトゥンホア 14-91 ; *(14-19)*
クルグンバム 3-15, 43 ; *3-4〜7*
クルタイナム 20-80 ; *20-16*
クルナム 20-80 ; *20-16*
クルピナム 20-80 ; *20-16*
クルムナム 5-47, (19)
クロンモック 5-47, (19)
クロンモ 11-26 ; *11-3*
クワンナム 10-34 ; *10-10*
クンスモック 17-75 ; *17-16*
クンペンナム 19-45 ; *19-15*
クンボック 19-45 ; *19-15*
グジナム 19-42 ; *19-14*

ケ

ケェーモック 19-36 ; *19-12*
ケーナリナム 10-20 ; *10-2*
ケブルナム 11-79 ; *11-33*
ケーペンナム 19-45, 57 ; *19-15,*

18

ケボートルナム 21-87 ; *21-8*

コ

コイチョッナム 14-68 ; *(14-15)*
コーシルネ 6-52 ; *6-20*
コジャイモック 2-43, (32)
コナム 19-33 ; *19-11*
コムエィルンナム 5-47, (22)
コームンタール 7-73 ; *7-29*
コヨンナム 13-27 ; *13-6*
コリボートル 18-211, (116)
コロソイナム 1-17 ; *1-12*
コンバム 3-15, 43
コンムタルキ 7-72 ; *7-28*

サ

サイオレピ 7-31 ; *7-4, 5*
サイビナム 7-29 ; *7-2, 4*
サイモル 12-19 ; *12-4*
サインカンナム 20-123 ; *20-24*
サオクイナム 2-42, (19)
サオック 5-47, (22)
ササナム 18-209
サシナム 18-209
サスライナム 2-43, (32)
サスレビナム 17-89 ; *17-21*
サスンタルギ 7-75 ; *7-32*
サルクナム 5-47, (42)
サルゴ 5-47, (42)
サンエンタウ 8-64 ; *8-26*
サンキョルップナム 1-13 ; *1-4〜6*
サンクムナム 9-36 ; *9-15*
サンジュ 20-17 ; *20-1, 2*
サンタンナム 22-20 ; *22-1*
サンダンホァ 6-44 ; *6-15*
サンドンナム 9-36 ; *9-15*
サンボドウナム 12-23 ; *12-6*
サンボンナム 19-101 ; *19-29, 30*

シ

シエクナム 19-42 ; *19-14*
シェンダルナム 22-20 ; *22-1*
シェンデャイナム 22-20 ; *22-1*
シグナム 22-44 ; *22-6*
シタクナム 1-9 ; *1-2*
シックナム 16-42 ; *16-12, 13*
シヌテ 20-17 ; *20-1, 2*
シムナム 19-42 ; *19-14*
シヤンタール 16-71 ; *16-19, 20*
ショーナム 2-42, (21), (22)
ショルノルネナム 7-31 ; *7-4, 5*
シルム 21-118 ; *21-10*
シロミ 21-118 ; *21-10*
シンウイテイ 20-17 ; *20-1, 2*
シンダルウイ 8-46 ; *8-16*
シンドリョコ 8-46 ; *8-16*
シンナム 1-9, 11, 13, 19, 22-20 ;
 1-2, 3, 4, 12, 22-1
シンナモ 22-44 ; *22-6*
ジャ 17-78 ; *17-17*
ジャクショルジャ 17-78 ; *17-17*
ジョルチュク 8-48 ; *8-18*

ス

スククナム 11-40 ; *11-10*
スリタールナム 7-56 ; *7-20*
スリテヤ 20-17 ; *20-1, 2*
スリデ 20-17 ; *20-1, 2*
スーヤンポートル 18-210, (167)
スルバム 3-15, 43
スンブギナス 14-42 ; *(14-11)*

セ

セェンガンナム 22-63 ; *22-9, 10*
セーガンジャリナム 4-31, (28)
センタルナム 22-34, 52 ; *22-3, 7*
センダルナム 22-34 ; *22-3*

ソ

ソオンタイ 20-55
ソクソリ 3-27 ; *3-13*
ソグナム 20-64 ; *20-15*
ソーナム 2-42, (21), 43, (22)
ソリタール 16-71 ; *16-22*
ソリナム 2-43, (20)
ソリバム 3-15, 43
ソンアック 16-43 ; *16-14, 15*

タ

タイジュナム 9-16
タイチョナム 9-16 ; *9-2*
タクチョンナム 11-26 ; *11-2*
タクナム 19-109, 114 ; *19-34～36*
タチョンクムナム 6-32
タックナム 19-114 ; *19-35, 36*
タムジャンイノンクル 12-12 ; *12-1*
タンカムチュナム 19-57 ; *19-18*
タンジャンイ 12-12 ; *12-1*
タンデョンチュル 12-12 ; *12-1*
タンナム 19-109 ; *19-34*
タンプンナム 1-13 ; *1-4～6*
タンポトル 18-210, (200)

チ

チイボ 8-61 ; *8-23*
チエンソンクワ 19-121 ; *19-38*
チャ 2-41, (29)
チャイバム 3-15, 43
チャチャクナム 2-43, (29)
チャディバム 3-15, 41
チャド 5-47, (32)
チャムヌルプ 19-22 ; *19-6, 7*
チャンガシナム 3-36, 38 ; *3-23, 25*
チャンタール 7-65 ; *7-23*
チャンナム 3-29 ; *3-15*
チャンヌルプ 19-33 ; *19-11*
チャンバイー 6-54 ; *6-22*

チャンビルナム 12-55 ; *12-16*
チャンミ 7-31 ; *7-4, 5*
チャンモルック 12-23 ; *12-6*
チュアンネ 6-50 ; *6-18*
チュイートゥルナム 10-34 ; *10-10*
チュイトンナム 17-89 ; *17-20*
チュインナム 10-39
チューウンバム 3-13 ; *3-2, 3*
チュオンナム 13-53 ; *13-13*
チュタールナム 4-31, (28)
チュックトゥホア 7-46 ; *7-16*
チュツトンナム 4-31, (19)
チュルンナム 11-46 ; *11-14*
チュンタール 16-71 ; *16-21*
チョクテイ 20-17 ; *20-1, 2*
チョックナム 13-51 ; *13-12*
チョツコクチナム 19-117 ; *19-37*
チョツコクテギナム 19-121 ; *19-38*
チョバップナム 4-31, (19)
チョブサルナム 14-36, (9)
チョプチュ 22-96 ; *22-15*
チョリアル 3-31 ; *3-17*
チョールクプリ 20-118 ; *20-22*
チョルゲンイ 21-39 ; *21-3*
チョルジョーナム 11-62 ; *11-21*
チョンガルイ 8-61 ; *8-23*
チョンシルネ 6-49 ; *6-17*
チョンナム 13-51 ; *13-12*
チョンミレイドゥングル 22-97 ; *22-17*
ヂョルチュク 8-48 ; *8-18*
チョンガシナム 3-37 ; *22-92*
チールクナム 7-31 ; *7-4, 5*
チルリナム 7-31 ; *7-4, 5*
チロングナム 11-26 ; *11-4*
チンジナム 16-87 ; *16-28, 29*
チンジンナム 16-84 ; *16-25, 26*

チンナム 16-87 ; *16-28, 29*
チンタライ 8-37 ; *8-10*

ツ

ツーキョンホア 8-48 ; *8-18*
ツドヂジバム 3-15, 43

テ

テチュー 9-16

ト

トウメイナム 16-71 ; *16-19, 20*
トウルカシ 7-29 ; *7-2*
トウルチュンナム 8-43 ; *8-14*
トウールップ 16-47 ; *16-16*
トゥルボンナム 19-100 ; *19-28*
トゥルマイナム 10-29 ; *10-8*
トゥルミエイナム 10-29 ; *10-8*
トゥルミナム 19-36 ; *19-12*
トウールンナム 16-47 ; *16-16*
トクチョンダン 14-103 ; *14-21*
トッカランイップ 3-28 ; *3-14*
トツカル 3-33 ; *3-20*
トッナム 11-25 ; *11-1*
トップジュー 7-58 ; *7-21*
トルナム 16-71 ; *16-19, 20*
トルバム 3-15, 43
トルペイ 6-51 ; *6-19*
トルペイナム 6-39, 51 ; *6-11, 19*
トンチョー 21-16 ; *21-1*
トンテヤルモツク 21-16 ; *21-1*
トンナム 21-87 ; *21-8*
トンバグナム 17-81 ; *17-18*
トンビャクナム 17-81, 22-63 ; *17-18, 22-9, 10*
トンピャクナム 22-63 ; *22-9, 10*
トンペクナム 17-81 ; *17-18*
ドゥルックナム 19-33 ; *19-11*
ドウルンナム 22-34 ; *22-4*
ドルックナム 22-34 ; *22-4*

ドロウンナム 16-47 ; *16-16*

ナ

ナトハムナム 13-53 ; *13-13*

ナトパングナム 2-42, (18)

ナムソンアック 15-77, (73) ; (*15-23*)

ナムタルキ 7-58 ; *7-21*

ナンチナム 19-18 ; *19-2, 3*

ナンテイナム 19-18 ; *19-2, 3*

ニ

ニェンギナム 14-105 ; *14-22*

ニャグバム 3-13 ; *3-2, 3*

ヌ

ヌジンバム 3-15, 43

ヌテナム 19-36 ; *19-12*

ヌルックナム 22-34 ; *22-4*

ヌルップナム 19-21 ; *19-5*

ヌルンナム 19-22, 26, 27 ; *19-6 ～10*

ノ

ノカックナム 6-29, 13-51, 17-75 ; *6-6, 13-12, 17-16*

ノクチュックナム 13-51 ; *13-13*

ノグナム 22-21 ; *22-2*

ノズルノンナム 2-42, (18)

ノッチュルナム 15-77, (74) ; (*15-24*)

ノトン 21-39 ; *21-3*

ノドゥルモック 10-53 ; *10-21*

ノルブナム 19-33 ; *19-11*

ノングナム 5-47, (44)

ハ

ハイタンホア 7-34 ; *7-6, 7*

ハイングチャモック 6-29 ; *6-6*

ハインドンノンクル 11-59 ; *11-20*

ハップシルネ 6-53 ; *6-21*

ハンタール 7-58 ; *7-21*

ハンルチナム 16-42 ; *16-12, 13*

ハンニョンバム 3-13 ; *3-2, 3*

ハンバルコルナム 20-122 ; *20-23*

ハンバクコツナム 20-120 ; *20-23*

バイアムナム 11-46 ; *11-14*

バクタールナム 2-30, 36, 43, 16-67 ; *2-20, 16-19, 20*

バクバーム 3-15, 43

バツサクテナム 14-34 ; *14-6*

バッサクテナム 11-79 ; *11-33*

バッパイナム 6-26

バルゲック 20-118 ; *20-22*

ヒ

ヒャータンホア 6-44, 7-35 ; *6-15, 7-7*

ヒョンピョンナム 19-57 ; *19-18*

ヒンセードギ 22-43 ; *22-5*

ピエンナム 19-54, 57, 62, 66 ; *19-17 18, 21, 24*

ピスルナム 19-22 ; *19-6, 7*

ピチュツク 17-85 ; *17-19*

ピトンナム 21-87 ; *21-8*

ピナム 12-40, 41, 42, 44 ; *12-7～10*

ピャイモンナム 22-65 ; *22-11*

ピャツヤン 18-210, (201)

ピヤンナム 11-46 ; *11-14*

ピョンバム 3-15, 42

フ

ファンチュルナム 16-42 ; *16-12, 13*

フィンセテギ 22-43 ; *22-5*

フックルナム 22-35 ; *22-9, 10*

フーバナム 22-34 ; *22-4*

ブギャグンナム 1-8

ブジョナム 19-45 ; *19-15*

ブスミ 20-114 ; *20-21*

ブスン 20-114 ; *20-21*

ブックサリナム 3-35 ; *3-22*

ブックチャキ 1-18 ; *1-11*
プルバム 3-15, 42

ヘ

ヘェイホァナム 19-36 ; *19-12*
ベグドンベクナム 22-67 ; *22-14*
ベアムボギ 22-65 ; *22-11*
ベイブセイヌンクル 4-31, (28)
ベクトンベギ 22-67 ; *22-14*
ベルゴンナム 1-13 ; *1-4〜6*

ホ

ホアルボンナム 19-117 ; *19-37*
ホアンチョルナム 18-210, (200)
ボンナム 16-35 ; *16-8, 9, 10*
ボクサナム 5-47, (35)
ボクソンワ 5-47, (35)
ボクタルタールナム 7-64 ; *7-22*
ボクナム 19-66 ; *19-24*
ボゴナム 19-63 ; *19-23*
ボトナム 5-47, (28), (29)
ボートルナム 18-210, (167), *18*-205,
　(162)
ボリケナム 9-18
ボリスウナム 17-21
ボルックナム 17-21
ボルトギ 5-47, (34)
ボルノナム 17-21
ボルラナム 17-21
ボルレ 17-21
ボングナム 19-57 ; *19-18*
ボンドンタールナム 7-75 ; *7-31*
ボンナム 19-101, 106 ; *19-29,*
　30, 33
ボンボルトゥックナム 17-21
ボンボルトン 17-21

マ

マクトェギ 20-27 ; *20-5*
マッケナム 9-20 ; *9-5*

マンビョンチョウ 8-43 ; *8-14*

ミ

ミエーインナム 16-84 ; *16-25, 26*
ミョンガンナム 22-97 ; *22-17*
ミョンゲナム 22-97 ; *22-17*
ミョンシエーナム 11-90 ; *11-41*
ミョンチャ 6-44 ; *6-15*
ミョンチャスン 15-38
ミリョンセムン 15-38

ム

ム 21-38 ; *21-2*
ムーガ 6-46 ; *6-16*
ムクイナモ 14-82 ; *14-16, 17*
ムクボクナム 17-21
ムーゲ 6-46 ; *6-16*
ムブレナム 10-25 ; *10-4, 5*
ムブレナモ 10-25 ; *10-4, 5*
ムルアイングトナム 6-26
ムルオリナム 2-43, (41)
ムルキャイコムナム 2-42, (12)
ムルキャイタルナム 2-42, (12)
ムルキャイヤンナム 2-42, (12)
ムルチョレギナム 17-89 ; *17-21*
ムルバタタルナム 2-42, (18)
ムルバレナム 10-27 ; *10-6, 7*
ムルブリナム 10-29 ; *10-8*
ムルボナム 17-21
ムンブレナム 10-25 ; *10-4, 5*

メ

メウング 21-38 ; *21-2*
メシル 5-47, (41)
メンギャナム 22-97 ; *22-17*

モ

モイットモル 12-23 ; *12-6*
モイボトル 18-210, (201)
モクニョン 20-123 ; *20-25*
モーグクル 21-38 ; *21-2*

モシヤイナム 8-59 ; *8-22*

モックバム 3-15, 43

モライナム 12-21 ; *12-5*

モラム 19-121, 122 ; *19-40, 41*

モル 12-19, 23 ; *12-4, 6*

モルック 12-23 ; *12-6*

モルレナモ 10-25 ; *10-4, 5*

モロチョムナム 11-46 ; *11-14*

モンノツクブル 21-38 ; *21-2*

モーンヨルチュル 21-38 ; *21-2*

ヤ

ヤーカンナム 6-39 ; *6-11*

ヤンジュバム 3-15 ; *3-4〜7*

ユ

ユスリ 6-29 ; *6-6*

ユールムノンチュル 21-39 ; *21-3*

ユルン 21-39 ; *21-3*

ユンナム 6-29 ; *6-6*

ユンノリ 6-29 ; *6-6*

ヨ

ヨンガシトンブル 7-28 ; *7-1*

ワ

ワイボドナム 18-210, (201)

ワンタイ 20-46 ; *20-11, 12*

ワンモル 12-23 ; *12-6*

조선삼림식물편

지은이: 편집부

발행인: 윤영수

발행처: 한국학자료원

서울시 구로구 개봉본동 170-30

전화: 02-3159-8050   팩스: 02-3159-8051

문의: 010-4799-9729

등록번호: 제312-1999-074호

ISBN: 979-11-6887-146-5